深二月

YUN 云 ERYUE

等你回来

王天宁 著

山东城市出版传媒集团·济南出版社

图书在版编目（CIP）数据

等你回来/王天宁著. —济南:济南出版社,
2020.5
（云深二月）
ISBN 978 - 7 - 5488 - 4026 - 8

Ⅰ.①等… Ⅱ.①王… Ⅲ.①中篇小说 - 中国 - 当代
Ⅳ.①I247.5

中国版本图书馆 CIP 数据核字（2020）第 079131 号

云深二月：等你回来

出 版 人	崔　刚
图书策划	万　斌
责任编辑	张智慧
封面设计	焦萍萍
封面绘画	张起源
出版发行	济南出版社
地　　址	山东省济南市二环南路 1 号（250002）
印　　刷	山东省东营市新华印刷厂
版　　次	2020 年 6 月第 1 版
印　　次	2020 年 6 月第 1 次印刷
成品尺寸	145mm×210mm　32 开
印　　张	6
字　　数	150 千
印　　数	1 - 6000 册
定　　价	28.00 元

（济南版图书,如有印装错误,请与出版社联系调换。联系电话:
0531 - 86131736）

目录

第一章　漂泊

身下是天蓝色的海，头顶是海蓝色的天。

我坐在船尾，紧抱膝头，身上披着一件大褂。七月的太阳陡直地照射，我浑身已被汗浸透，身子却一阵连一阵地打战，连嘴唇都在发抖。

从昨晚到现在，不知过了多久，我始终保持这个姿势。

摇桨的父亲每过一会儿便嘱咐我："二月，站起来活动活动腿脚，老这么坐着，身子僵。要是累了，就躺下睡一会儿。"

我无力地望向他，眼皮仿佛坠着千斤重担。

父亲瘦瘦弱弱的，原本一向儒雅的神态带着深深的疲惫。因为热，他脱去了上衣，只穿一件短裤，海风一吹，短裤贴在身上，骨头都凸显了出来。阳光过于猛烈，让人看不清他的表情，只能看到乱发在风里飞舞。

父亲蹲下来凑近我，我这才看清，他眼里全是红血丝，嘴唇爆皮流血。

他担忧地摸摸我的额头："是不是发烧了？不烫啊……"

我低下头："爹，我好冷……"

他将船桨扔到一边，把我身上的大褂紧了又紧："二月，现在这天气，你一边流大汗，又一边喊冷。要是叫你娘看见，又得……"

他猛然扼住话头，眼睛里闪过痛楚的神色。我一耸肩，浑身紧绷，身子打摆子一样抖着。

父亲无意的话像尖刀一样直插我胸口，我们都还没能接受这个噩梦一般的可怕事实。

娘走了！娘这么无情，连招呼都不打，就抛下我和父亲走了。娘不是独自离开我们的，她带着小妹一起走了……

我一直觉得，我们家必须是四个人，父亲、娘、小妹，还有我。现在，娘没了，小妹也没了。为了活下去，我们逃离了大章村，抛下了老房子，只有我和父亲的家，还能算家吗？

眼前瞬间变得朦胧，我拼命攥紧拳头，不能哭不能哭……昨晚流的泪已经够多，再哭，父亲得多难受啊！

父亲黯然说道："二月，要是不舒服就睡觉吧。一觉睡醒，什么都忘了。"

我顺从地点点头，和衣躺在硬邦邦的船板上。实在不忍心再看父亲血红的双眼，我怕我会受不了。

父亲遥远的声音像温柔的雨点，从海蓝色的天空落下来："别管怎样，咱爷俩得好好活。没了你娘和小妹，咱们更得结结实实活着。咱们是替她们活呀。"

我根本不可能睡着。

从发生爆炸的昨晚到在海面上漂泊的现在，我根本没合过眼。

只要闭上眼睛，那震颤的地面、冲天的爆炸、刺眼的火光、慌忙逃窜的人群、一地的残垣断壁，就像温书，一遍一遍又一遍地在我脑海里重现。

几十个日本鬼子，趁着夜色，乘着快艇出没于芦苇丛中，像一把刀，捅进了不设防的大章村。"哒哒哒哒"的机关枪响，让我以为谁在盛夏点燃了一串串鞭炮。可是，村西边升腾而起的火光和烟尘，又使我渐渐觉得不对劲儿。我听到了尖叫声，也听到了房屋倒塌的声音，脑袋里有一根弦，猛地绷紧了。

轰——比春雷更惊人的爆炸声！当时我和父亲正在屋里，一个练字，一个补渔网，地面的震动险些将凳子上的我们掀倒。我和父亲对望一眼，风一样跑出去。

只见火光映红了半边天，乡亲们的喊叫声此起彼伏，一声高过一声。

纷乱的人群纷纷向村外奔逃，日本鬼子来了，动作快才能逃出去。只有我和父亲以及其他寥寥无几的人向燃着熊熊烈火的村长家狂奔。我娘是进步妇女，正在村长家学习，为了方便照顾，刚会走路的小妹也被她带在身边。借着火光，我看清了其他那些奔跑的人的面容，他们的亲人也在村长家学习啊！

我的后背一阵阵冰冷，又一阵阵燥热，浑身瘫软，一丝力气都没有。娘，小妹……不可能，绝对不可能……她们福大命大，一定还活着……

空气中弥漫着呛鼻的火药味，浓重的黑烟笔直地升上夜空，和乌云融为一体。

我好不容易从噩梦一样的回忆中回过神，望向父亲。他一言不发，凝视前方，神情刚毅，像一块坚硬的石头。我仿佛喘不过气，情不自禁地抓住他的手腕。

直到此时，我才确定那种又冰冷又燥热的感觉究竟是什么。

那是恐惧，发自内心、深入骨髓的恐惧。

父亲的目光直看到我的心里，他轻声对我说："别害怕。"

我的眼泪一下子冲破阻碍，放肆地淌下来。

我以一个很别扭的姿势弯曲着缩在船舱里。

我之所以这么躺着，是因为船底有两个像小指甲盖一样大的弹孔。昨夜趁日本鬼子疏忽，我和父亲以及一众乡亲逃至岸边，各家的船都拴在那儿。顾不上船是谁的，我和父亲随便选了一艘老船便跳上去。穷凶极恶的日本鬼子追上来，一阵乱枪射击，不少乡亲被击中，跌落海中。万幸，夜色削弱了鬼子的准头，只有两颗子弹呼啸着击中老船船底，我和父亲未受伤害。

是娘和小妹在冥冥中保佑我们吧，一定是！

本以为两个弹孔会让海水源源不断涌入船舱，老船划不了多远便会沉没，谁知只有一拃深的水在舱底晃荡，船照常前进。为了不让海水弄湿棉衣，我只能把双手夹进腿间，蜷缩躺着。

没来由地，想起父亲曾经对我们说，小娃娃尚在娘的肚子里的时候，就以蜷缩的姿势沉睡着，等待娘把他带到这世上。

父亲是我们村的先生，年轻时曾在省城济南念过书，是大章村里学问最好的人。

父亲在课堂上说出这句话时，眼皮眨啊眨，这种话从来没有人对我们说过。

"呀——"我们一阵惊呼。我最好的朋友李全三向我露出一个坏笑，女孩子们窃窃私语："云深先生怎么能说这种话……"

我叫董二月，父亲叫董云深，乡亲们都说，不愧是文化人，自己的名字和儿子的名字都带着诗情画意。可是大家忘记了，父亲的名字是爷爷起的，而我爷爷只是大字不识的庄稼汉。

可是，即便想起父亲的话，且以这样的姿势躺着，我不仅无法重回娘的肚子，连她温暖的怀抱都感受不到了。

悲伤如潮水一般在我的胸膛激荡。大章村，我的家，我生活了十一年的地方，不知此生能否回去。那些昔日同窗，我们一起学习、一起玩乐；特别是李全三，别人都说我俩好得就像一个人……只怕昨日一别，便是永别！

更不敢念及的是娘和小妹。一想到娘温柔的怀抱和小妹和泥的小脏手，我的眼泪就禁不住簌簌直落。

从昨晚到现在，我已经流了那么多泪，就算凝望着大海，什么都不想，眼泪还是不知不觉淌下来。那些往事历历在目，反复回放：每天清晨上学前，娘都把熥好的饼子塞进我的书包，嘱咐我要好好念书；有时我在外头疯玩忘了时间，回家后父亲罚我先抄写文章再吃饭，小妹早有准备，把省下来的鱼干悄悄塞给我……回想着这些画面，眼泪就流成串串珠子，擦也擦不断。

一夜之间，我最亲的娘和小妹，都没了。

我觉得自己就像一口大缸，肚皮里的水用之不竭。我流的泪比船尾两只木桶里的淡水加起来还多。以前我总笑话朋友李全三像个小姑娘，一被同学欺负、被父亲上课时训斥就哭；从小娘便教育我"男儿有泪不轻弹"，我也的确是这么做的。如今我终于明白，男儿不是不能哭，只是"未到伤心处"啊！

可是，即便我哭成泪人，父亲却自始至终未掉一滴眼泪。昨夜以来，他一直立在船头，好似不知疲惫，双臂一刻不停地划、划、划。他身体并不强壮，又一夜没有休息，如今，他的力气从哪儿来的呢？我想，他一定比我更痛苦。悲伤到极点是发不出声音、流不出眼泪的。

我不由得摸到衣兜里的绣花布鞋，这是娘留下的唯一遗物。酸胀的感觉一下子顶到鼻头和眼睛，泪水又是说来就来。

我侧过脑袋，不让父亲发现，眼泪滑过太阳穴，啪嗒落进船底的水洼，激起一圈圈涟漪。

这只布鞋使我无法抗拒地深陷在昨夜的恐怖回忆里。

我和父亲终于冲进浩浩荡荡的灰尘中，眼前就是村长家。院子里几进的房子全部变成了废墟，屋顶被掀翻。村长家的屋子最大，以前我和李全三还有别的朋友捉迷藏时总爱藏在他家的庭院里，可是此刻，不必说雅致的庭院，连门都被炸得四分五裂。

断墙后传来时断时续的呻吟，几个浑身是血的村民先后被乡亲们抬出来。其中一个经过我和父亲身旁时，突然猛地揪住我的袖口："云深，董二月……我对不起你们爷俩啊！我……"

他眼含热泪，深深地凝望着父亲。这个伤者是村长林伯伯。

林伯伯是村里的开明士绅。这几年，日本鬼子的军舰开到了中国，村子里的叔叔伯伯们都不敢去远处海里打鱼，被逼得快揭不开锅了。林伯伯气不过，跑到镇子上找当官的要说法，根本没有一点用。后来他一气之下跑到青岛，虽还是没解决问题，但却带回了一摞书，上面有一些"共产""革命"之类的让人看不懂的字眼，然后动员村民们去学习。

村民们都还在为生计发愁，哪里有心思去学什么知识，倒是我父亲借了书回来读了读，做了好几天笔记，然后竟然就答应让母亲晚上空闲时去听听林伯伯讲课。

这次不知为何，日本鬼子先对着林伯伯家开了几炮，让林伯伯家毁人亡。林伯伯这样跟我们说，难道……

我的袖口染上了林伯伯的血，看着这暗红的血迹，我觉得一阵天旋地转，浑身战栗，只想呕吐。

娘，小妹，不可能！不，不可能！

我僵直地站在原地，心里空荡荡，身上轻飘飘，感觉一阵微风就能把我吹倒。父亲立刻跑向还在燃烧的断墙，我木然地跟在后面，一眨不敢眨地盯着他的身影。老天爷保佑啊，一定要让娘和小妹活着！只要她们能活着，让我干什么都行。

我呆呆地站在废墟边缘，感觉好像过了一百年，父亲终于从断墙后钻了出来。他双手哆嗦着，抓住我的胳膊，我觉得他的手掌冷如冰块。

"炮弹就落在后院，火也是从那儿烧起来的……好多人被炸死了，满地是血……"父亲失神地嘟囔着，把一件东西塞进我怀里，"二月，你看。"我一低头，脑袋就蒙了。那是一只小巧的布鞋，鞋面绣了一朵白牡丹，鞋面沾着血和泥巴。这不就是半个月前，娘给自己缝制的布鞋吗？

我将布鞋贴在脸上号啕大哭，不顾泥土腥臭，反复摩挲鞋子，想要再次感受母亲的温度。父亲紧紧抱着我，我拼命挣扎，想去墙后看她们最后一眼。

"二月！"父亲大吼，"你冷静点，我没找到你娘她们，她们可能……可能没事！现在鬼子快来了，我们要赶紧逃……"

我知道，这肯定是父亲在安慰我，娘和小妹一定是死了，不然为什么现在还见不到踪影？我身体无力，就要瘫倒，父亲一把扯起我，向家里跑去。

"哗啦——哗啦——"

船桨划开海面的声音不绝于耳，空中偶有几只飞鸟掠过，嘎嘎怪叫，仿佛在嘲笑如烂泥一般的我。

嘴中弥漫着浓浓的血腥味。半个时辰之前，父亲网上来一条和我的胳膊差不多粗的海鱼。父亲踩住它，喊我用船桨狠狠拍它的脑袋。鱼的身体太滑了，快从爸爸的脚下溜走了，我握着船桨，手在哆嗦。海鱼那直愣愣的黑眼睛竟让我想起嗜血的日本鬼子。我大喊一声，用船桨狠狠向它拍去。一下、两下，海鱼终于不挣扎了，我却还不停手。

父亲惊愕地拦下我，我避开父亲的眼神，撂下船桨，呼呼喘着粗气说："没有火，咋吃？"

"敢生吃吗？"

"怎么不敢！"我负气一般扯开渔网，揪住海鱼的脑袋把鱼拉出来。父亲有些诧异地看着我。

整整一天，粒米未进，尽管我没有一丁点儿饥饿的感觉，但我知道，再饿下去身体会扛不住的。我发誓：腥臭的生海鱼是我这辈子吃过的最反胃的食物。奇怪的是：我并不需要用毅力强迫自己，只需张开嘴，塞进鱼肉，嚼动几下，便轻巧地咽下去了。我确定，有几次我连鱼刺也一并吃掉了，喉咙里一阵剧痛，我直皱眉头。父亲劝我"吃慢点、吃仔细点"，我充耳不闻。

父亲勉强吃了一只鱼尾，我却像报复谁一样一口气吃下大半条鱼。血腥味阴魂不散地在嘴里弥漫，不知是海鱼的血，还是我的嘴被扎破流的血。我提出由我来划桨，父亲能稍微歇息一会儿。他摇摇头："我不累，更何况，你辨不清方向，不知道目的地，要是我一觉睡醒，咱们在大海上迷路了可就糟了。船上的淡水剩得不多了，撑不了多久。"

"目的地不是青岛吗？我跟你去那里卖过鱼，就算闭着眼睛也能划过去。"

"我想了一路，不能去青岛了，日本鬼子这回动静很大，青岛也不安稳，咱们去那儿，等于自投罗网。"

我站起来："昨晚，你跟全三和全三娘说去青岛啊……那，咱们去哪儿？"

"当时着急，没细想，不作数的。"父亲皱着眉，遥望苍茫的海面，"去济南，我有个老相识在那儿办烟厂，叫鲁安烟厂，他会收留咱们的。更何况，济南离海远，一时半会儿日本鬼子打不过去，青岛可不一样……"

父亲还在说着，我却听不清他在说什么，心中硬生生顶上来一个念头：如果当真去济南，大概这辈子也无法再见到我的好哥们李全三了。

昨夜在村长家的废墟上，我像搂着珍宝一样把娘的绣花布鞋紧紧抱在怀里，哭得快要昏厥过去，却被父亲拖回家中，匆匆带了些衣物、干粮，然后就往村外跑，路上碰到了李全三和他娘。

我一见李全三，忍不住又大哭起来："全三，我娘和我小妹……

两人一看我的模样，再看我手里的绣花鞋，便明白了事情原委。李全三搂住我的脖子，大声哭泣："董二月，咋会这样！我还想吃你娘烙的饼……我还等着小妹长大教她抓虾摸鱼呢！"

全三娘目光呆滞，口中喃喃自语："不应该啊，不应该啊，晚上她们俩去学习，我们还碰见过，怎么就……"

父亲悲痛地摆摆手，示意她不要继续说了。

此时，夜空中忽然响起一连串猛烈的枪声。从屋子里拥到街上的人群骚动起来，远处传来一个男人凄厉的叫声："大家快逃啊，日本鬼子杀人啦！"

一声更为尖锐的枪响划破长空，男人的叫喊戛然而止。

人群的尖叫把我的耳朵都刺疼了，无数黑影跌跌撞撞从街上跑过，人们已无暇关照死去的人，现在最要紧的是保住自己的命。

父亲看着全三娘："全三娘，带着李全三，逃吧！"

全三娘脸色煞白如雪，嘴唇抖得像风中的落叶："去哪儿呢，出了大章村，咱哪儿都不认识。"

父亲咬咬牙："最近能去的地儿只有青岛，先去那儿，等安顿下来再说。现在保命最要紧啊！"

不由分说，父亲一手抓住全三，一手抓住吓蒙的我，挤开人群往村外冲。全三娘在后面跟跄着脚步："就怕去了青岛，全三他爹找不到我们娘俩……"

父亲着急地大叫："哎呀，全三娘你糊涂啊！命都快没了还怕这怕那，等战事一过，就给全三爹拍电报。"

李全三不知所措，双眼又惧怕又无助地望着我。我明白他的担忧，他爹很早就被长辈带去上海谋生，后来听说当了记者，一年到头也没法回来一次。他们娘俩逃往青岛，战争若打个没完，或许他几年都见不到自己的爹。

我失去了娘和小妹，李全三也将和爹失去联系，同时，我们一起失去了共同的家园。战争如浪潮，人如浮萍。我们的人生变得起起伏伏，方向不定。

后面传来叽哩哇啦的叫喊声和枪声，人群的脚步错乱了，后方一定有日本鬼子追来了。要不是父亲拉着我，我真想搬起海边的石头，跟杀死娘和小妹的罪魁祸首拼个你死我活。真恨啊！仇恨的火焰炙烤着我的心。我相信，连那块比父亲还庞大的巨石，我也能毫不费力地举起来。

我和父亲率先上了一条老船，可惜它窄小得可怜，不然李全三和他娘也不需要像无头苍蝇一样另寻别的船。当母子二人的身影消失在黑暗中，机关枪声响起，一连串惨叫声伴随着落水声让我浑身颤抖。父亲已经开始划船。

"等等，全三和他娘还没跟上来呢。"

父亲像聋了一般，船桨越摇越快。此时，两发子弹不偏不倚射到我们的船上。"噗噗"两声，声音不大，却让人胆战心惊。

"你没事吧？"父亲大声问道，却没停止摇桨。

"我没事。"我对着浓稠的夜色大喊，"李全三！你在哪儿呢？我们青岛见啊！"

没想到，李全三的回应立刻穿透了枪林弹雨："董二月，到了青岛，要好好活！"

"要好好活……"

李全三的呐喊犹在耳畔，现在浩渺的海面上却只剩我和父亲二人。昨夜一起逃出来的乡亲，不是逃往别的城市，就是体力不支，落在后面。我本憧憬在青岛与李全三会合，现在却被告知我们的目的地是济南。

我多想像从前那般撒娇耍赖，求父亲拐弯去青岛。青岛至少有李全三，可是去了济南，我一无所有。

但是我不能。我在一夜间长大，成长得迅猛而干脆。从失去娘和小妹的那一刻起，我便没有了撒娇耍赖的资格。从此以后，我是一个大人，要与父亲共同承担生活的酸甜苦辣。

我一动不动地望着西方，日头红得像一颗快熟烂的苹果，只剩半个；也如一滴掉进海中的红墨水，海面漂着令人触目惊心的红色。

"怎么啦？"父亲靠近我。

"没事，有些渴。"我拖过一只木桶，将晒得有些温的淡水灌进口中。

天空澄澈如洗，万丈霞光横贯东西。

很久以后我才知道，这一年，日本海军骚扰山东沿海地区，为全面入侵中国做准备。那个晚上，和大章村一样，沿海被日军炮火蹂躏的村子，数不胜数。

整个山东，在那一年的夏天，发生了巨大的改变。

我的人生，也在那一年的夏天，跨入了冷冬。

第二章　烟厂

我和父亲又在海上挨过了孤寂难耐的一个晚上。

天黑以后，气温骤降，冷风狂舞，如野兽在咆哮。盖着那件单薄的大褂，我冷得瑟瑟发抖。我真害怕，怕从漆黑的海中突然跃出吃人的海怪，从小这种故事听多了，我就当了真。幸好一夜无事，冷冷清清的月亮把银霜洒在辽阔无际的海面上，大风从头顶掠过，连做梦都是哗哗的水声。

半夜我悠悠醒来，父亲还是坐在船头，正在轻轻地摇桨。

"不睡会儿？"我揉揉眼睛，迷糊地问道。

父亲摇摇头："睡了谁划船？我守着你呢，你安心睡吧。"

听了父亲的话，我安下心来，片刻后又昏昏睡去。

我做了一场奇怪而可怕的梦：我站在熊熊燃烧的

村长家门口，废墟中不断传出爆炸声。那些被炸死的乡亲居然又站了起来，浑身是血，在我周围走来走去，可我一点儿也不害怕，始终在人群中寻觅娘和小妹的身影。这个不是，那个也不是，空中忽然传来飘忽的声音："二月……二月……"那是娘和小妹在呼唤我，可是，她们究竟在哪儿啊？我仰起头，泪如雨下。

醒后，天已蒙蒙亮，只是海雾弥漫，难辨方向。我浑身湿透，不知是冷汗还是海上的潮气。真冷啊，我像筛糠一样发抖。

不知父亲注视了我多久，从我睁开眼的那一刻，他关切的目光就没离开我："做噩梦了？"

"冷，"我摇摇头，本不想提这场怪梦，可它就像一截浮木，愈往水里按，往外弹的架势愈猛烈，"我……我梦到娘和小妹了，死去的乡亲们都活了，可是里面没有她们……爹，你说，她们是不是还活着？"

父亲脸上的表情在迷雾中看不清："也说不定……二月，别多想了，如果她们还活着，我们总有一天会再见面的。"

他摸摸我的额头，我终于在迷茫中清醒过来：那么恐怖的爆炸、那么凄惨的死伤，我亲眼见过那堆废墟，娘和小妹逃生的可能性微乎其微。面对现实吧，董二月，她们已变成了土、变成了尘，过几日，一场大雨从天而降，她们会渗进大章村的土地。或许她们的身子会变成一棵树，更有可能随着雨水流进大海。海水变成雨，雨水又落进海，周而复始，无穷无尽。

这样想着，我感到身上凉凉的，晨风从海面上刮过，吹起阵阵海潮。东方泛起鱼肚白，道道霞光照亮了大海。

父亲遥望着远方，浓浓的海雾被晨风吹散，隐约看见有陆地的轮廓浮现。

父亲脸上终于出现喜色，他分外激动："二月，咱们终于彻底逃出来啦！"

又过了大半天，我们方才靠岸。将船随意停靠礁石旁，我和父亲简单收拾了一下，上了岸，眼前是荒凉而漫长的路。

"咱怎么去济南？"

"走着去，往西走。"

"得走多久？"

"不知道，以前坐马车去的，也得好几天呢。"

居然还有不知几百里的黄土路等着我，遥远的济南城如在天边。即便睡了一觉，身上也没有多少力气，我真的一步都不想走。

等你回来

回头一瞥，破败的老船因没有束缚，已经顺着风和浪越漂越远，不久，便只剩影影绰绰的一个轮廓。

但愿，我和父亲的坏运气也像这艘老船，与我们渐行渐远。

日头高悬，天空渐渐亮起来，能看到远处有稀稀落落的几户人家，漫不经心地散落在黄色的土地上。不时有人超过我们，从他们凄惶的神情、邋遢的模样判断，都是逃难的可怜人，像我和父亲一样。他们都眉头紧皱，眼神充满敌意，各自搂紧怀中的包裹，仿佛担心我们将包裹抢走。

我知道，包裹里装的肯定是食物。

何必害怕我们呢？我们从大章村逃出来时带着干粮。再说，就算是饿死，我和爸爸也不会做偷鸡盗狗的营生！

一连走了两三天，我和父亲风餐露宿，从日头高高挂，走到月光满地。实在太累了，就倒在路边睡觉。我脱下草鞋，脚底好几个水泡。像我们一样，以地为床的逃难者不在少数。躺在夜色中，风在吹我的耳朵，我做了一个跟娘和小妹有关的梦，睡醒以后，眼泪还挂在眼角。

趁父亲还在沉睡，我连忙擦去。

路长得好像看不到头，我们的食物很快见底。白天，阳光在背上烤，肚子里空空荡荡，每走一步都十分艰难。晚上，饥饿让我们难以入眠。

路上，我们经过一些镇子，镇子里也都人心惶惶，向我们打听海边的情况。听到我们的遭遇，也有善心人给了我们一些吃的，但是不多。这种动荡的年月，又适逢旱灾，家家都没有余粮，能分给我们一些食物，已经是无上的善行了。

又往西走了两天，头顶的太阳愈发猛烈，仿佛要将我们和土地一起烤裂。每天汗水都把衣服浸透，我又饥又渴，嗓子快开裂了。我的腿似乎重达千斤，要不是被父亲拖着，真是寸步难行。眼前已不再全是干燥的沙土，土地的缝隙中探头探脑伸出几棵小草，空气中仿佛多了一点水汽。

突然，父亲站住不动了。

我正想问他为什么停下，就听见了轰隆隆的声响，地面因此震颤不休。是地震？当然不是！一条黄色的大河仿佛从天而降，横亘在我们面前。看不到它的源头，也看不到它的尽头，它那么长，将大地一切为二。沿岸的泥沙都被滔滔河水卷入其中，耀眼的阳光落在河面，使它更加璀璨。但是，我们的去路，也被这条巨龙般的河水阻挡了。

我一筹莫展地看着父亲，父亲居然难得地兴奋起来，眼睛闪闪发光，是河水倒映在他的眸子里。

"这是黄河啊！"父亲喃喃道，"'黄河之水天上来'的黄河啊！二月，我们到了！到了！"父亲激动得一把攥住我的手。

"黄河之水天上来"我是知道的，可这是到了哪儿呢？炽烈的阳光让我脑子迟钝了好多，一时之间转不过弯。

"咱们已经来到济南边上，马上要到济南了！"父亲大声说。

我的心怦怦直跳，高兴坏了。这趟苦难之旅终于要结束了，从小到现在，我还没吃过这样的苦。

"还有多久能到？"我拼命向远处眺望，却连城市的影子都看不见。

"这里距离济南城，大概还有……几十里吧。"

我昂扬的精神一下子跌落下来。几十里的路，即使我们体力充沛，也得走大半天。如今，我沉重的身躯像是长满铁锈，每向前走一步都是煎熬。

只怕太阳落山，我们都无法到达济南城里的鲁安烟厂。

父亲拍拍我的肩，笑道："别泄气！那么长的路都走下来了，还在乎这几十里？"

路远也还罢了，只是这条巨龙一般的黄河，把我们的去路完全堵住了。滔滔河水，仿佛拥有吞噬天地的能力，想跨越它，谈何容易！

父亲看穿我的心思，却笑而不语，拍拍我的肩膀，示意我向西边行。

转过一片树林，我看见了它。

自东方升起的太阳，还没移到天空的正中央。阳光在它的钢铁身躯上，洒下一层金色的光辉。此刻，我只能看到一个巨大的剪影——无数的钢梁纵横交叉错织，组成长方形的管道形状。我透过它身躯的缝隙，看到黄河对岸的树林，看到了奔腾的黄河水，看到了远方湛蓝的天空。

这雄伟的大桥虽用钢铁构成，却非常轻盈地架在河的两岸，将大地斩断的黄河，好像又被这座钢铁大桥斩断了。

父亲告诉我，这是黄河铁路大桥。

我一时愣在原地。我从未见过如此壮观的大铁桥，那些钢材是怎么一根根拼凑起来，最终变成一座长长的大桥，还能横跨大河两岸，承载着一列列奔驰的火车的？我着实想不通。

"我们一直觉得自然无比地伟大，高山巍峨，河水壮阔。在黄河面前，小小的大桥就是人类的小伎俩，可是，偏偏这样的小伎俩，将大河征服了。"父亲微笑着，牵着我的手走向黄河大桥，"在自然面前，我们人类好像特别渺小，但是我们不能认输！"

我点点头，和父亲一起走近黄河铁路大桥下面的渡口。我能听懂爸爸话里有话，他想叫我坚强起来，不要被悲痛击倒。

我当然想坚强，当然想忘却，可是娘和小妹的逝去，在我心中划下了深深的、大大的伤口，怎么可能轻易愈合。

坐在渡船上，迎面吹来的风让我眯起眼睛，泛白的泡沫在船边匆匆而过。河水从远方而来，也向远方而去。我趴在船帮上，拼命眺望，也看不见河的尽头。

只愿我所有的伤心和难过，都被河水裹挟，冲向漫漫无际的远方。

下了渡船，太阳又向西边偏移了一点，又走了许久，我和父亲终于看见了济南城。

济南城有高高的古老石墙，城墙下边，是缓缓流动的护城河。酷热的天气里，河水却还不见减少，里

面有长长的碧色水草，随着水波起伏荡漾。风吹过来，带来丝丝甘甜的凉意。父亲说，这河水是由济南城的泉水汇聚而成的，是活水。我们经过一个城门进入了济南城，沿着城墙慢慢往前走，就看到那城楼上，矗立着一座高高的楼阁，牌匾上写着"汇波楼"三个字，楼下有滚滚流水穿过城门向北流去。

"大明湖到了！"父亲的话提醒了我，我赶忙凝神看去。

此时，夕阳将沉，而一个波光粼粼的大湖就出现在我们面前。刚才怎会没留意呢？原来大明湖周围种满了柳树和杨树，茂盛的树叶将大湖掩藏起来。湖里长满华盖一般的荷叶，淡粉色的荷花随风摇摆，微风袭来，水面盛开一朵朵涟漪。

被树叶遮掩的知了纵情合唱着，唱着唱着，天黑了；唱着唱着，周围变得凉爽起来。父亲脸上露出追忆的神色，轻快地对我说："关于大明湖有一首歪诗，是我从前的朋友告诉我的：大明湖，明湖大，大明湖里有荷花，荷花上面有蛤蟆，一戳一蹦跶。如果你跑到湖边，扒开上面的叶片，一定能看到，飘在湖面的叶片上，蹲着一只只蛤蟆，它们鼓着眼睛望着你，却好像变成了哑巴，都一声不出，安安静静。"

我瞪着眼睛："真的这么神奇？大明湖里的蛤蟆不会叫？"

父亲点点头："真的这么神奇！"

"为什么会这样呢？"我百思不得其解。

"这是未解之谜，将来就由你来破解吧。现在咱们要先找到烟厂。"父亲摸了摸我的脑袋说。

我忍住疲惫和饥饿带来的眩晕感，努力打起最后一点精神，脚步也没能加快多少。

我们与太阳背道而驰，走进了一片昏暗之中。

"二月，咱们要投奔的那个老板姓王，大名王子安，他在济南开办的鲁安烟厂，在全省都赫赫有名。王老板年龄和我相当，我年轻时，在济南读书，王老板是我的同窗。每次假期结束，我从大章村回来，总给王老板带你奶奶做的鱼干。我与王老板的关系特别亲近，有点像你和李全三。"父亲津津有味地回忆当年，全然没注意提及李全三时我有多难过，"后来王子安有了出息，开办香烟厂，据说没少挣钱。他是个善人，这些年接济了不少老人、穷人。现在，咱们遇了难，他不可能不帮……还记得不？你小时候，他因为生意路过大章村，还在咱们家住过一夜呢！"

经父亲提醒，我隐约想起一个身穿浅色大褂、瘦高挑、鼻梁上架一副金丝眼镜的中年人形象。

"原来是他。"我应和着抬起头，大概是用力过猛，一阵晕眩袭来，耳边像有一千只知了齐鸣。

我捂住脑袋，感觉身子在不断下陷、下陷……

"你怎么了？"父亲问。

"我……"朦朦胧胧中，两团白色的影子出现在眼前。

"娘……小妹……"我向天空伸出手，额头却狠狠向地面砸去。

不知过了多久，我睁开眼，世界漆黑一团。

全身都很疼，什么也看不见。

这儿，究竟是什么地方？

我是不是死了？不知是被太阳晒死，被渴死，还是走路累死……总之，娘和小妹亲自来接我了。

这是哪儿，是天堂还是地狱？

如果是天堂，为何黑洞洞的一丝光都没有？天堂，应该美食吃不尽、美景看花眼吧。如果是地狱，那牛头马面、刀山火海、青面判官又在哪里？

娘和小妹为何不再露面？

我定了定神，忽然听见四周隐隐传来怪异的声音，像海浪在翻涌、狂风在怒吼、火焰在燃烧。渐渐地，这声音越来越清晰："呼噜——咯吱——"是磨牙声吗？牛头马面要将我囫囵吞进肚里！

"啊！别吃我！"我尖声大叫。

我虽浑身无力，不能动弹，嗓门却很好使。

门突然响了，一团烛光飘进来，紧随其后的两个身影一个高大、一个瘦削。

"二月，你醒啦?"熟悉的声音，是父亲！

借着微弱的烛光，我终于看清了身处的环境：一间五丈见方的小屋子，我睡在角落的一张床上，被褥都是干净的，没有怪味。

我喃喃问道："原来我没死啊……这是哪儿?"

父亲呵呵笑着："死什么死，咱们顺利到达了，这就是鲁安烟厂。"

我挣扎着坐起来："怎么到了？我就记得……"

我只记得自己狠狠摔在地上，随后的事情一律不记得。

父亲说："你昏倒了，不知是太累还是太饿，好在烟厂已经不算远，我把你背过来的。"

父亲身后，一张瘦削的脸凑过来，金丝边眼镜遮不住深陷的眼窝，这就是鲁安烟厂的老板王子安。在我印象中，他就是这个样子。只是，他比以前更苍老了，不像父亲的同龄人。像每一杆"老烟枪"一样，他的声音低沉嘶哑："二月，醒了就好。你不知道，你昏倒了，你爹有多着急呢！"

父亲说："二月，咱们该感谢王老板，要不是他的收留，咱们就无家可归了。从此咱们就是鲁安烟厂的工人，好好干活，别让王老板失望。"

我一时不知如何回答，几天之前，我拥有完整的家庭，是一个平凡的农村娃娃；现在，我却与父亲寄人篱下，都成了工人。命运从山头跌落谷底，真叫人无法接受。

王老板善解人意地拍拍我的肩："这孩子，命不好啊！小小年纪便没了亲人……那大章村，恐怕我再想去都难喽！"

我低下头，只要听见"娘""小妹"或者"大章村"中的任何一个字眼，都会难过得受不了。

幸好王老板不再多言，他嘱咐我好好休息，便拉着父亲走了。待那束烛火飘远，我立刻把被子拉到头上。

我眼中已经充满泪水，娘、小妹、大章村，或者我们的命运，每一个都值得我痛快哭一场。我才不管眼泪会不会打湿干净的枕头。

为了求生，我和父亲不得不离开祖祖辈辈生活、繁衍的大章村，在遥远的济南城里陌生的鲁安烟厂定居下来。

　　父亲不再教书，我也不再上学，我们都成了最普通的工人。

　　这一切，就像一场梦。

　　香烟厂位于济南城的居仁街60号。对于从小渔村来的我来说，居仁街是我这辈子见过的最繁华最热闹的地方了，比我在路上经过的那些镇子都要热闹。这里有这么多店铺，卖什么的都有，油店，面店，绸缎店，杂货店，各种饭店，还有我从未见过的洋行、茶楼、戏园子，令人眼花缭乱。听烟厂的人讲，这里还不算什么，再往西走，就是商埠区，那里才叫繁华，净是西洋景儿，还有洋人来来往往呢。

　　我们所在的烟厂，是一座高大的二层楼。一楼造烟，二楼生活，男女分住。工人们都是王老板从自己的家乡请来的，据说相互之间都是亲戚。男工宿舍很狭窄，十三张床把宿舍塞得满满当当。女工宿舍更小，只能放开七张床，却有八个女工，因此她们常年轮流打地铺。小床刚够我伸开腿，高大的父亲睡觉时身子弓得像虾米。大部分工人都驼背，不知是不是睡姿别扭的缘故。

楼后有一个仓库和一个马厩，马厩里有一匹小马，性情温驯，常用来运输轻便货物。

不得不提的是平日里为工人们做饭的胖大娘。日子不好过，连吃口饱饭都是奢侈，只有她还胖得满身油腻，走路一摇一晃，像个装得满满当当的水桶。胖大娘做菜的模样就像手举大斧的李逵，三五下就把一颗大白菜切得粉碎。可能大家都惧怕那把锋利的菜刀，连王老板都要礼让她几分。

工人们年龄有长有幼。我发现工人们都不爱搭理我们。寄人篱下，不得不低头，我小心翼翼地与他们相处，总是带着笑脸，行为举止非常有礼数。可令人丧气的是，他们依旧如故。

大概，他们被繁重的卷烟工作累得没有精力理会外人吧。

每天晚上，宿舍早早熄灯，男工们用浓重的乡音交谈几句，不一会儿便鼾声四起。只有在黑暗中，我的心才会平静，才有机会跟父亲说悄悄话。

我特别困惑："爹，我总觉得工友们不喜欢我们……"

"没关系，"隔着狭窄的过道，父亲就像和我睡在一张床上，"你没做错什么。不需理会别人的看法，做好你自己的事情就好。"

我似懂非懂地点点头，尽管父亲看不见。

我侧过身，只想赶快睡着。

因为只有在梦中，我才能与娘和小妹相见。

在鲁安烟厂定居的前两天，一直是王伯伯关照我们。王伯伯是老板王子安的亲哥哥，从老家来到济南城，帮助王老板料理生意。王老板时常在外跑生意，烟厂内部的事务，都交给王伯伯打理。

王伯伯是工人的头儿，他的儿子王璋也在鲁安烟厂做工。王伯伯看起来不到四十岁，头发却快掉光了，说话慢条斯理。他是一个公正的人，也是一个有正义感的人，有时读早报，看到日军侵扰山东沿海，难民无家可归的消息，他都会悲伤地唉声叹气。他对我也很和气，但他的儿子王璋就不大爱搭理人，都不正眼瞧我，我也就不爱搭理他。

王伯伯带着我们熟悉环境，讲解造烟的技术要领。第二天，从没做过卷烟的父亲便正式上工了。

造烟这门手艺，看似简单，实则复杂。

烟丝是产自青州或滕州的烟叶制成的。烟叶焦干、易碎，需要喷洒清水保持韧性。将烟叶切成细丝，再喷以甘油和香料，不仅促进香烟燃烧，还会使烟丝散发清香。制作糨糊也不得马虎。糨糊的原料是淀粉，把小麦粉和成团，在水中熬煮，糨糊不可过稠，略稀是最佳状态。将熬制的糨糊涂抹在罗纹纸边沿，把适量烟丝放在罗纹纸中央，将初具雏形的香烟放在卷烟盒中，手握铁棍，从一侧推向另一侧，让罗纹纸将烟叶紧紧包裹，再用糨糊粘贴，一根"长烟"便诞生了。一根"长烟"与十根香烟等长，用锯子将"长烟"分割为十等份，在香烟顶端印制铅字小号，每二十根分装一盒。

不像那些熟练的工人，父亲作为新手，即便有我的帮助，还是动不动就把烟叶切坏、把罗纹纸扯破。好心的王伯伯看不过去，又教了父亲好几遍。父亲忙得满头大汗，我也急得直跺脚，仿佛我们的尊严被一点一点地卷进了这该死的香烟里，然后被揉碎。

这一天，父亲做废的香烟远远大于做成的。在烟厂二楼拥挤的餐厅吃晚饭时，他显得心不在焉。平心而论，胖大娘的手艺很不错，今晚的清炒生菜非常入味，豆糕微微发甜。然而父亲的表情像是在生吃海鱼，他一定还为白天做废的香烟惋惜。

看到父亲脸色难看，王老板好意问他："老董，来烟厂几天了，生活习惯吗?"父亲却像没听见，眼睛一眨不眨地盯着通往一楼的楼梯。

我摇了摇父亲的手，他却好像从沉睡中被惊醒一样，一下站起来，惊得十几号工人齐齐望着他。

"爹! 爹!"我喊了几声，他竟然不理睬。

我忽然想起，人抽多了大烟会变得神志不清。会不会，那些烟叶也迷了父亲的心窍?

这时，父亲忽然大步流星走向楼梯。

"爹! 你干吗去?"我大喊着，追了上去。

烟厂有多年历史了，楼梯踩上去吱嘎作响，我真担心跑那么快，木头板子会被我一脚踩断。

主楼被居仁街上的梧桐树遮挡，夜晚透不下月光，一楼楼梯口伸手不见五指。我害怕地停下脚步，看着父亲就这么消失在黑暗中。不一会儿，王老板、王伯伯和几个工人也跑了下来，我才随着他们一起进了一楼的工作车间。

"爹……你在干什么呢?"我害怕得声音发颤。鲁安烟厂是什么鬼地方? 才来了几天，好端端的爹就变成这样子!

划洋火的声音响起，父亲点燃煤油灯，火光摇曳着逐渐变亮。我惊愕地张大嘴巴，却发现父亲已坐在专属他的造烟台前，脚下是一堆白天做废的"长烟"。他垂下头，脸贴台面，细细地切烟叶。煤油灯亮得力不从心，每隔一会儿，父亲就不得不停下揉揉眼睛。

王伯伯恍然大悟，慨叹道："老董这是想早点上手工作啊，老板，这样要强的工人，现在可不好找啦！"

"所以说，收留这老朋友，值得！"王老板遣工人又从二楼提来一盏煤油灯，我将这盏灯放在造烟台上。一楼明亮了，父亲不必再像闻烟叶的味道似的把头埋得那么低。

这一夜，父亲切烟叶的声音一直持续到很晚。

很快，父亲造烟的手艺愈发熟练，不再需要我的帮助。因为我年轻、力气小，王老板不放心让我也干造烟的工作，生怕砸了烟厂的招牌。

但身为工人，我怎会闲下来呢？新活计说来就来。

每日，香烟厂生产的大部分香烟会被杂货店瓜分，剩下的少则两手能拿完，多则装满一只竹篮。

我要做的活计就是把香烟带上街市，当街叫卖。

"每卖掉一盒烟，就给你三分钱。"王老板殷切地嘱咐着我。我大喜过望，满口答应。父亲他们劳神费力制作一盒香烟只得一分钱，我只需喊两嗓子便能得到三分钱。这太容易了！

只是，一切都被我想得太过简单。

当我挎着竹篮走上济南城繁华的大街，才发现生意没那么好做，我连吆喝都不敢，更别说做生意了。与我形成对比的是来自乡下的女孩们，她们脸灰扑扑的，小辫子半系半散，短襟褂上大补丁连着小补丁。每一个女孩都挎着竹篮，里头装着香嫩的玉兰、脆甜的沙果、红艳艳的头绳等小玩意儿。

经过一家家四合院时，她们会把脑袋伸进大门，声音比路边的泉水还清澈、比竹篮里的沙果还脆甜："婶儿，买一点儿沙果吧，可好吃哩！"

挎着一篮香烟的我，也和这些女孩一样站在大街上。

只是，我无所适从。

我贴着院墙，一寸一寸移动。墙头野草茂盛的影子盖住了我，正好，这样就会不被别人看见。女孩们把"哥哥""姐姐"叫得那么熟稔动听，好似找到了亲人，换成我，也会忍不住买一束甜甜的玉兰花。我也尝试说些甜言蜜语，只是好不容易叫住客人，声音却只能在嗓子眼儿咕噜，坏啦，我怎么成哑巴啦！

更让我难以忍受的，是来自男孩们的嘲笑。那些男孩子是生活在深宅大院里的少爷，他们穿着光鲜，在太阳底下捉迷藏、滚铁圈、弹闪闪发光的琉璃球，与

满身寒酸的我形成鲜明对比。每天我挎着竹篮，站在高墙的阴影里等待客人光顾，总会有几个男孩指着我窃窃偷笑。他们一定在笑一个男孩竟干起女孩的活儿——这让我羞得满脸通红。

叫卖真不像想象中那么容易！我左思右想，计上心头。我认准乡下姑娘中皮肤最黑的那一个，她看起来最能吃苦，声音最清亮，生意也最好。我变成黏在她鞋底的草皮，与她寸步不离。她去布店门口向大娘们兜售玉兰花，笑眯眯地说她们戴上它会比小姑娘还像小姑娘，躲在不远处的我也阴郁地嘟囔："卖香烟喽！"她当街拦住正在啃冰棍的小孩子，不屑地说冰棍也算甜？她的沙果才甜呢！我站在一棵高大的杨树旁，向小孩子们使眼色："你们，买香烟不？"她在女子学校门口徘徊，放学铃声大作，在熙攘的人流中，她把红彤彤的头绳举过头顶："姐姐，买一根头绳吧，周璇①在电影里就扎这样的红头绳。姐姐你扎上比周璇漂亮多啦！"此时的我，躲避着汹涌的人潮，有气无力地叫卖："漂亮姐姐，买一盒香烟吧……"

黑皮肤的女孩狠狠瞪了我一眼，穿过人流来到我身边，没好气地说："你到底想干什么？"

———————————

① 20 世纪 30 年代中国最红的电影明星。

"我？卖香烟啊！"我两手一摊，"你做生意我也做生意，咱们互不妨碍。"

"怎么不妨碍！"她满面怒气，"不管我卖什么你都在旁边卖香烟，活像丢了魂，把客人都吓跑啦！再说，我的客人都是婶子、小孩和女学生，他们怎么会抽烟？你该向男人卖香烟。我问你，这两天你篮子里的烟卖出去了吗？"

经她一点拨，我恍然大悟，低头看篮子，自始至终，篮里的香烟都是十九盒，一盒都没减少。

不大工夫，我战战兢兢来到一个精瘦的黄包车夫面前："大伯，您要香烟不？"

就这样，两天时间，我涎着脸皮、费着口舌，终于挣到九分钱。我用两分钱买了三块芝麻糖吃了，这滋味，嘴中甜心里苦，真是难以形容。

这两天，我遇见了好多坏人，有耍无赖拿了烟却不给钱的，有买了烟却非得戏弄我一番的，也有不买烟却笑话我像姑娘一样挎着竹篮的。我憋了一肚子火，凭什么那些少爷能够穿新衣、吃冰棍、玩游戏，我却过得这么屈辱？

晚上回到香烟厂，父亲正在为罗纹纸抚边。工人们都在二楼吃饭，只剩他一人在忙活。天色全黑，罗纹纸的皱褶细如发丝，父亲把头埋得很低。

不知为何，我所有怒火和委屈在这一刻全面爆发。

我把空竹篮往地上狠狠一扔："为什么我要遭这样的罪？为了挣钱，我像小丫头一样挎着篮子上街，低声下气求人家买烟，你知道有多少人笑话我吗？爹，咱们去别的地方找活做吧！哪里就能饿死人？"

我的声音这样吵，二楼碗筷相碰的声音都戛然而止。

父亲面色沉了下来，根据我的经验，他现出这样的表情，是正在酝酿怒火。我吓得手脚发麻，这才意识到自己居然对他大吼大叫，真是不要命了！尽管历经一番磨难，父亲瘦了一大圈，但他依然人高马大。如果想收拾我，我绝对无路可逃。

父亲向我走来。我万分恐惧，一切都是咎由自取。我闭上眼睛，等待拳头落下。

然而父亲居然从裤兜里掏出零零散散一把票子："二月，你看，在烟厂才做了五天，咱们就有了九角钱。靠劳动赚钱，不丢人，我觉得很值。况且，你王叔不仅收留我们，还教授给我技术，如果就这么离开，岂不是忘恩负义？假如你觉得难受，就不要再叫卖了。给我打打下手吧，我多做些工便是。"

才短短五天，父亲的手就变得粗糙红肿，切烟叶的刀不知在他手上添了多少伤疤。这双手因为疲劳过度而微微颤抖，因为手指上包裹的纱布显得格外笨拙。

我在黑暗中盯着这双手，不放过每一根指头、每一条纹路、每一道伤口，时间在无声中流逝。我深吸一口气，拾起竹篮，拖着沉重的步子走向二楼。

我要在剩菜中挑些好的，给父亲送下楼。

第二天，我干劲十足地再一次挎上了竹篮。走在石板路上，脑海里浮现的是父亲伤痕累累的双手。我不知疲倦地行走着、叫卖着。我熟识了济南城的每一个黄包车夫、每一个看门大爷、每一个开水铺的老板、每一个汗流浃背的铁匠……

鞋底很快被磨穿，我的双脚遍布血泡。

一个好心的磨刀师傅对我说，那些住在洋房里的人才是有钱人，如果有本事和他们打交道，哪怕把价钱提升一倍也能卖出去。

可是，鲁安香烟在济南有响当当的名号，价格全城统一，想骗那些见过大世面的老爷，谈何容易！偶尔有老爷多出一两分钱，算是对我的打赏，我就打心里知足了。

这一天，我第一次来到明湖路，碧绿的泉水在路边沟渠淌过，流入大明湖。

大明湖周围的每一处景致，都让我流连忘返。

大明湖的东北岸，坐落着一座小小的道观，名叫

"北极阁"，是供奉道教神明的地方。庙宇被大院包围着，院内种满银杏树、松树、柏树，树枝参天，绿叶茂盛。微风吹来，植物的香气四处飘散。正殿正中塑有真武大帝坐像，他手持着宝剑，威风凛凛。道观两侧的墙壁上，绘有《真武大帝武当山传奇》壁画，人物形象栩栩如生。

站在观台上，既可眺望远处层层叠叠的群山，又能欣赏秀丽多姿的明湖景观。

百花洲位于大明湖的南侧，那是一片碧波粼粼的小湖，湖岸边种满碧绿的垂柳，迎风摇曳；湖中长满莲花和荷花，娇滴滴的红色与粉色在阳光下各自争艳。珍珠泉的泉水经过曲折的沟渠，温柔地流入百花洲，再穿过鹊华桥，潺潺地流进大明湖，形成济南城最令人心驰神往的景致。

明湖路的路口伫立着一座比香烟厂还小的西式教堂，尖尖顶的设计，听人说这叫哥特式建筑，彩色琉璃窗在阳光下反射着五彩斑斓的光彩。听说，教堂中央供奉的大胡子男人是洋人的神，有机会我一定要去拜拜那个大胡子神，求他让我和爹过上好日子，求他让娘和小妹在天上也过得幸福。

以教堂为起点，路的一侧是一排一模一样的西式洋房，红顶白墙，上下两层。居住在这里的大多是高鼻子黄头发蓝眼珠的洋人，将香烟卖给他们估计不成问题。但是，如果他们一张口就是叽里呱啦的洋文，我该怎么办？

车到山前必有路，我鼓足勇气，挺起胸膛，向那排洋房进发。

第一座洋房大门紧闭，一敲门，灰尘就从大门缝隙里落下来，不知空了多久没人住。第二座洋房的主人是一个高大的外国男人，年纪与父亲相似，穿着一身笔挺的西式服装。我刚亮出篮子，他居然操着一口正宗的中国话喊道："哦！鲁安香烟！"

但愿他只认牌子，不知价格。我竖起四根手指："四角钱一盒，保证真货。"

"小孩，说谎可不好。"他哈哈笑着摸我的脑袋，然后递给我两角一分钱："两角是香烟钱，多赏你一分，去买糖葫芦吧。"

怎么办，遇到一个比我还明白的"中国通"，真是倒霉。

我垂头丧气地敲响第三座洋房的门，里头传来应答："等一下！"我疑惑了，是女人的声音，还带着我家乡的口音。

门只开了一条缝，里面黑洞洞的，看不清女主人的长相，从轮廓来看，似乎是个中国人。

我将准备好的香烟递上去："您需不需要鲁安香烟？正宗济南老字号，保证真货。原价两角五分，便宜点，两角三卖给您。"

　　故意虚抬价格，这是我从一个卖菜的大妈那儿学来的。

　　"董……董二月？"女人迟疑地叫着，我闻声一颤。

　　"全三！全三！你快来，看看是谁来啦！"女人竟说起大章村的乡音。

　　是做梦吧，这一定是梦！

　　李全三冲出来紧紧抱住我又蹦又跳，而全三娘站在洋房门口，仔仔细细地端详我，冲着我使劲微笑呢！

第三章　上学

我兴奋地跑回香烟厂，来到父亲身边，却一时气喘吁吁，说不出话来。正在筛选烟叶的父亲看见我这样，忙问："二月，你怎么了？是不是街上的浑小子欺负你了？"

我还是大口喘气，他急了，其他工人也纷纷停下工作看着我。

我好不容易平复了呼吸，高声说："爹！我好着呢，我高兴死了！"

他瞪大眼睛，不明就里。

我抓住他的双手："爹，小妹和娘没死！她们还活着呢！"

我高兴得合不拢嘴："今天我为了卖烟特意走到明湖路，你猜我碰到谁了？"没等他说话，我迫不及待地公布答案："我居然遇到了李全三和他娘，老天爷，真是太巧了！他们活着逃出了大章村，还定居济南城，在一个洋人家当下人呢。他们告诉我——"我故意停顿片刻，才喊出来："娘和小妹没死！那晚她们被围墙埋在下面。后半夜她们从砖瓦下爬出来的时候，咱们已经离开了大章村。幸好她们遇到全三娘。全三娘告诉娘，咱们去了青岛。为了找咱们，娘一定带着小妹也去了那儿。爹，如果那天不急着逃走，再仔细找找……"

我看到父亲一下子垮下来的脸色，一时无言。

不让我走到墙后，带我逃离家园，将目的地改为济南——这一切都是父亲的主意。

我不敢继续说下去，可是，如果当时再仔细找找，如果不急着逃离大章村，如果逃难去青岛，我们都有可能一家团聚。

但如今的结果，父亲当初怎会预料到呢？不怪父亲，要怪就怪颠沛的命运，怪天杀的日本鬼子！

父亲一言不发，低下头。

我拉着他的手，轻声问："爹，咱们该咋办？"

这个时候，我唯一能依靠的人，只有父亲。

父亲把烟叶和罗纹纸扔到一旁，黑漆漆的眼珠像夜晚一样深邃。

"去找她们。"

父亲求王老板借小马一用，一听说父亲想去找还活着的娘和小妹，王老板满口答应，不但借了马，还给了路费。

只是平日这小马只运送轻便的货物，最远只到过济南城郊，晴天时，王老板会骑着它去闻闻花香、踩踩河水。从济南到青岛如此遥远的路途，真担心它能否承受得住。

父亲双手一撑，跃上马背。我徒劳地跳了半天，他却不肯拉我上去。

父亲摆摆手："二月，这次不能带你去。"

我把嘴一咧："为什么啊？"

我做梦都盼着与娘和小妹团聚！

父亲皱着眉头，严肃地说："鬼子还在海边闹腾呢，这一路不安全，再说，还要节省路费，你就在烟厂好好等我。"

我委屈得快哭了："我把这些天卖烟挣的钱都给你还不成？爹，求你啦，我要第一个跟娘和小妹见面……"

"青岛那么大，能否找到还未知呢。万一你娘已经带着小妹离开了怎么办？二月，保持平常心。假如能找到，我绝不耽搁，立刻把她们带回来；如果找不到，你也别太难过。只要她们活着，天下再大，我们一家人也会团聚。"

事已至此，我只能点点头。

父亲忽然欲言又止："青岛那么危险，万一我回不来……"

我着急地叫起来："才不会呢，爹，你一定会平安回来的!"

王老板接话道："老董，你放心，我会替你照顾董二月。"

父亲点点头，一夹双腿，指挥着小马走出了烟厂的院子。

父亲走后，我把娘的绣花布鞋藏在竹篮里，像个宝贝似的，没事的时候就看一看。我们一家人团聚的日子近在眼前了。

我受够了那些冷漠的工人，全三母子居住的红顶洋房成了我的第二个家。

我有时在洋房的厨房中一坐就是半天，听李全三手舞足蹈地重复讲述逃出大章村的惊险经过。

全三眉飞色舞地说："那一晚真惊险啊！我和娘没找到船，不得已只能跑回家，在地窖里藏到后半夜。

等外头枪不响、人也不叫了，我们才敢出去。谁知刚出门就遇到你娘和你妹，她俩从头到脚都是土，你妹吓坏了，抖个不停。我还以为遇到鬼了，要不是娘及时捂住我的嘴，只怕日本鬼子刚走又被我的叫声招回来。"

李全三停下来喘口气，我催促他快些说，我还想听到更多关于娘和小妹的事情。

全三娘接过话头："你娘是个聪明人，她一看我们的脸色，就大声对我们说，别害怕，她们不是鬼，她和你小妹被压在墙下，费了好长时间才爬出来。她又说回了趟家，不见你和你爹。我这才告诉她，你们去了青岛。小妹真乖巧，始终抓着你娘的手，不哭不闹。你娘问她，哥哥和爹走了，咋办呢？小妹噘着嘴说，找他们去呗。"

我扑哧笑起来，三全妈学得活灵活现，我好像看到了小妹娇憨的样子。

"后来呢？"我迫不及待地问。

"我和全三帮你娘从岸边的松树林里拖出一条船，那是你家的船，藏得真严实。可惜那船更小，只能坐下她们母女。趁着天黑，我催促她们快走，乡亲们快逃光了。没有船，我们只能一路往西，往内陆走，后来在一个小站搭上火车，来了济南。一路上我对全三讲，尽管青岛危险，但是董二月一家能够团聚，没想到，我帮了倒忙……"

我连忙摆摆手："姨，你可别这么说，幸亏碰到你，我和爹才知道了好消息。"

全是阴差阳错，我们一家人才不断错过。但是好事多磨，只要能够团聚，短暂的分离算什么呢！

李全三忽然惊喜地对我说："有个好事，必须得告诉你，我们联系上我爹啦！谢天谢地，他也活着呢！前些日子日本鬼子进攻上海，死了好多人，幸好报馆没事，我爹也没受伤。我们给报馆拍了电报，爹很快就回了。一接到我爹的电报，我就哭了……"

喜讯接二连三，我真为全三母子高兴。

如今万事俱备，只欠娘和小妹平安回来。

我总来红顶洋房还有一个原因，虽然我只能在厨房、储藏室玩儿，偶尔趁着洋人不在家，偷偷看一眼会客室，但洋人的家舒适、漂亮，哪怕只看看也觉得舒服。我做梦都想与父亲、娘和小妹住进这样的房子。

全三母子伺候的是一家三口，一对洋人爹娘和一个像瓷娃娃一样精致的小男孩。小男孩的岁数和小妹相仿，蓝眼珠、白皮肤，头顶的小黄毛卷卷的，特别可爱。洋人夫妇不在的时候，小男孩由全三娘照顾。全三娘忙的时候，我也帮会儿忙，小洋人喜欢爬到我的膝盖上，奶声奶气地叫我"二月哥哥"。

我亲眼见过全三母子迎接男主人回家，李全三为他换鞋、更衣，全三娘端着热茶候在一边。女主人对他们说话时拿腔拿调，眼珠恨不得飞到天上。即便被这样对待，全三母子始终毕恭毕敬，看得人心里真别扭。要知道，全三爹可是上海的记者；李全三自小学习就好，是被父亲表扬最多的学生，比我强多了；全三娘虽是普通的妇女，但是贤惠、勤勉，爱帮助人，很受乡亲们尊重。

天杀的战争，让全三母子沦落到这步田地。要是全三爹知道他们过着这样的日子，不知心里多难受呢。

自从父亲走后，我被严重的失眠困扰着。

宿舍里工友们如雷的鼾声是让我不能入眠的一个原因，但最重要的还是我想念父亲，想念母亲和小妹。好不容易睡着，却总是做噩梦：有时我梦到小马自己回来了，在梦里它竟会说人话，告诉我父亲被青岛的炸弹炸上了天；有时我梦到父亲和小马一起回来了，他们身边却没有娘和小妹，父亲告诉我，娘和小妹在那天晚上就死了，她们活着才是我的梦；还有时，我左等右等，谁都没回来，冥冥中，天空飘下一个声音：别等了，他们不会回来了……

无论哪种噩梦，都会把我吓出一身冷汗。有一次晚上被惊醒，我狠狠给了自己一耳光：别再做这种梦啦，这不是咒父亲嘛！

可是，无论哪种噩梦，娘和小妹都没有再出现。我觉得这不是一个好兆头。

只有和全三母子以及可爱的小洋人待在一起，我才不会反复回想那些烦心的噩梦。

我和李全三常常带着小洋人出去玩，爬树摘果子、捉迷藏、"打枪战"都是他最爱的游戏。

小男孩最喜欢下河摸鱼，和我们小时候一样。河是我初来济南时见过的护城河，环绕济南城一周，使它免受风雨的侵袭。和济南的大街小巷一样，河边长满一排柳树，清风吹来，细长的柳叶一起翻动。河底长满密集的水草，河水内外都是一片饱满的绿。

护城河的水来自济南的泉。最有名的，是天下第一泉趵突泉。泉池中的三只泉眼，日夜不休地喷涌着。泉底幽幽的青苔，把整个泉池都映绿了。听说，到了寒冬，趵突泉也不会结冰，一股股白色的水汽从泉眼中冒出，飘飘荡荡，充满整个泉池，如同人间仙境。

泉水最大的是黑虎泉，在护城河边的一个大池子里，有一个大大的石头虎头，黑虎泉的泉水就从石头虎头里涌出来。远近的居民会提着水桶，去黑虎泉的泉眼下接水。泉水甘甜、清冽，比从我家乡井中打上来、带着土腥味的水好喝多了。

在泉水边，我们找到了无穷的乐趣。可是没想到，有一次，我们下护城河摸鱼时，一不小心，小男孩的脚丫被河蚌割了一道大口子，鲜血直流。他哭得快背过气去，我俩也吓得厉害。我和李全三把他背回家，一路鲜血滴滴答答。他的洋爹妈看见了，顿时脸色煞白，当即叫了一辆黄包车把他送去医院。

我和全三不知如何是好，全三娘唉声叹气，要是因此被洋人辞退，他们母子只能去街上要饭了。我心中暗想，辞退更好，都来烟厂做工，我和父亲也有个伴儿。

漫长的等待之后，脚裹纱布的小男孩终于回了家。我们赶紧迎上去嘘寒问暖。小男孩的眼睫毛上挂着泪珠，洋爹娘都拉长了脸，也不理我们，在那边用洋文说话，时不时看一眼我们，眼神冰冷。我们三人面面相觑，谁都听不懂。我猜，他们一定在用恶毒的话咒骂我们。

从那天起，洋爹妈再也不准小男孩跟我们玩了。

一天清晨，我正收拾昨天剩下的香烟，打算出门去卖，宁静的居仁街上忽然传来清脆的马蹄声。

被噩梦折腾了一宿，我在半睡半醒之间以为自己听错了，直到王老板唤醒我："董二月，你爹回来啦，还不快去迎接。"

我一怔，立刻跑出院子。此时阳光普照，晨雾消散。父亲骑着马，身影由远及近。

我一直提着的心一下坠入深渊——噩梦成真了。

眼前只有面带倦色的父亲和灰头土脸的小马，却没有娘和小妹。

父亲对我摇了摇头，我僵住了，说不出一句话。

"没有找到她们……"

王老板和王伯伯也出门迎接，一瞧见这情景，两人的笑容也都消失了。

父亲连夜赶路，身子都在打晃，王老板扶父亲下马，王伯伯把小马牵到后院马厩休息。

我不会说话了，像一个魂，跟着父亲飘进主楼。

父亲看着我："二月，别太难过。我在青岛问遍所有人，描述了你娘和小妹的模样，真的有人说见过，她们确实还活着。大概找不见我们，她们就离开青岛了，守城门的士兵说最后一次看见她们是五天之前。我又在青岛周围找了找，可惜线索断了。"

最后，父亲给我鼓劲说："至少我们知道，她们还活着。放心，咱们一家人一定会团聚的。"

我无力地点点头，心中却一片悲凉，我可做不到父亲那般乐观。

等待这么久，居然又是竹篮打水一场空。

父亲又问我这些天过得如何。我突然觉得特别疲惫，对他摇摇头，不愿说话。

工人们都已开工，唯独我，拖着沉重的步伐走向宿舍。

现在，我什么都不想做，只想好好睡一觉。

自从定居济南城，我第一次这么肆无忌惮地睡，睡得昏天暗地。

奇怪的是，这次我不仅没被噩梦打搅，连丁点儿别的梦也没做。

睡醒后，我感觉自己神清气爽，像换了一个人。

我居然在睡梦中说服了自己，往好的方面想，至少娘和小妹还健健康康地活着。相对于半个月前，我和父亲相信她们都已死去，这不是天大的好消息吗？

父亲总说，天下虽大，但是亲人之间被一根看不见的线维系着，相聚团圆，只是时间早晚的问题。

所以，为了与娘和小妹团聚的那天，我也得像父亲一样，积极乐观地活着。

天气愈发炎热了。

我走出主楼，打量着居仁街。阳光炙烤大地，树冠茂盛得密不透风，知了连绵的叫声在头顶盘旋。

我痛快地伸着懒腰，在这样晴朗的天气，没来由地，忽然怀念起在村里学堂上课的日子，想念不知去向的同学们。

当了这么久的工人，我多想端坐在教室中上课啊！

父亲正忙着卷烟，汗水湿透衣领。我磨磨蹭蹭走到他身边，小声哼哼："爹，我想念书。"

"什么？"他略略歪头，一时没反应过来。

"我想念书，学知识。"

"真是太阳打西边出来，你不是一读书就犯困吗？"

"从前是这样……"我喃喃道，"可是在这儿待久了，我特别想回学校，想得心都痒痒。"

父亲正色道："这是好事儿啊，你这么大，正是该读书的时候，要不然，长大了岂不是连爹都不如？现在知道读书重要也不晚。"

"可是……"我有些忸怩，济南有学校，可我和父亲都还要工作，我们辛辛苦苦挣的工钱都不够交学费。

父亲明白我的为难，突然，他对我说："没什么，还是我来当先生，像在大章村一样。"

尽管我们没有了家，丢了小妹和娘，好在丰富的知识始终装在父亲的脑袋里，只是父亲哪有时间和精力教我们呢？

"挤一挤时间，总能上课的。"父亲看上去很开心，"你去问问李全三，他还愿不愿意当我的学生？"

我跑去跟全三一说，他激动得疯狂点头。谁愿意当奴才伺候洋人呢，他这样的好学生，想读书都想疯了。

我俩曾经在同一个学堂，共同聆听了四年父亲的教诲。如今我们再次成为同窗，先生依然是父亲，简直和在学校上课没什么差别。

父亲请王老板去借了几套学校的旧课本。每日晌午，工休时间，别人睡觉，我们读书，每天一个时辰，烟厂门口的梧桐树下就是我们的学校。

李全三有书念，最高兴的是全三娘。

她炸了一大篮馃子，让李全三带过来，当拜师礼。父亲不好意思收，我便对全三说："他不吃，咱俩吃，你娘的手艺太好了，这馃子香死人啊！"

于是，第一堂课，我们一边听父亲讲课一边吃馃子。馃子的香味隐隐浮动，勾人馋虫，父亲一边读课本一边咽口水，让人直想笑。

下课了，父亲严肃地宣布一条纪律："以后上课是上课，不准带任何吃的，就知道吃馃子，还能好好念书吗？"我和李全三对望一眼，哈哈大笑，把篮底给他看，最大的一根馃子躺在里头，是特意留给他的。

父亲挠挠头，撇撇嘴角。一向严肃的父亲，应该是在笑吧。

像从前一样，我和李全三依然叫父亲"云深先生"。

上课的时候，我和李全三席地而坐，背靠粗大的梧桐树，毛糙糙的青草在呵我们的痒；父亲来回踱步，摇头晃脑地朗诵课本。

什么都没变。有时他会提出问题，鼓励我们举手回答。答错不会受惩罚，答对有奖励。奖品有时候是半块糖，有时候是一只半生不熟的小果子，更多的时候，他只是摸摸我们的头，夸奖一句："你真聪明。"

"南人上来歌一曲，北人莫上动乡情。""故乡篱下菊，今日几花开。"他总是边读边叹气，这全是思乡之诗啊！

李全三听了，会揉揉眼睛，向我耳语："二月，我想家，我想爹了！"

我叹口气，谁不思念故乡，谁不想念亲人啊！可是，在这战火纷飞的年月，我们有家却不能回，思念亲人却不得见。无助的我们就像渺小的蚂蚁，连生死都只能听天由命。我恨这可恶的战争！

几首诗念罢，热闹活泼的气氛不见了，取而代之的是一声接一声绵绵的叹息。父亲及时察觉，为活跃气氛，竟然开始为我们讲洋文。

天知道他从哪儿学来的这奇特的语言，叽里咕噜的洋文从父亲嘴里冒出来，真是既奇妙又滑稽！他说"你好"是"哈喽"，"再见"是"四油"，"高兴"是"哈匹"，"难过"是"塞德"……

"那么那么，"李全三迫不及待地举手发问，将洋爹妈把小男孩抱回家时说的话有模有样地学了几句，"云深先生，这句话是什么意思呢？"

父亲为难地摇摇头："关于洋文，我才疏学浅，只懂一点皮毛。全三同学，你要好好学习，将来讲一口流利的洋文，把这句话的意思告诉我，好不好？"

可我觉得，知识渊博的父亲一定明白这句话的意思。他之所以不讲，是为了鼓励李全三努力学习，一定是这样的。

第四章　窃烟

我越来越不喜欢烟厂的工人们。

他们像木偶似的活着，只有在领取工钱时，脸上才露出一点喜色。如果我长大后变得和他们一样，该有多可怕。

尤其是那个叫王璋的年轻人，他经常向外人夸夸其谈，说什么自己是鲁安烟厂二当家的公子，拥有对工人的生杀大权，用谁辞谁，都在他一句话。如果说王伯伯谦虚、谨慎，那么王璋和他正好相反。其实，他什么权力都没有，面对普通工人飞扬跋扈，见到王老板和自己的父亲就低眉顺眼，典型的欺软怕硬。即便如此，有的年轻工人还会巴结他，将自己的一部分成烟给他，算作王璋的劳动成果，自然，王璋能够领取更多工钱。

我和父亲才不看他脸色过活，向来对他敬而远之。

或许，因为父亲一直当先生，有种不怒自威的威严，王璋倒是没找过我们的茬儿。

唯一的一次，父亲刚上工时，因为技术不熟练，不得不向工人们求助。然而他们只会嗯嗯啊啊地应付，或者干脆装没听见。王璋对我们喝道："自己琢磨，别麻烦别人，耽误别人的工作，你们给补贴吗？"

打那以后，我便开始讨厌这个人。

父亲从青岛归来，没找到娘和小妹。工人们依旧像往常一样造烟、吃饭、睡觉，除了王老板和王伯伯，没有一个人给予我们一丝安慰。对于他们而言，我们完全是陌生人。

现在，父亲的技术赶上来，每个月领取的工钱比大部分工人都多，他们又开始吃味了。

偶然一次，我听见王璋在上工间隙，和几个男工聚在一起谈论："那个姓董的可真拼命，从早上睁眼就开始做工，一直干到晚上上床睡觉。烟叶和罗纹纸都是有限的，他都用完了咱们用什么做？"

"一个新工人，真是不懂规矩！不给他一个下马威，咽不下这口气啊！"

我听得既窝火又难受，真想冲上前把他们狠狠修理一番。但是，寄人篱下，不得不低头，我这样做只会为父亲惹来麻烦。

但是，从此以后，我就提高了警惕，防止王璋他们搞破坏。

我就是父亲的另一双眼睛！

随着气温升高，可恶的蚊子也活跃起来。

我们上课的地方在梧桐树底下、草丛里面，那儿的蚊子更加猖狂。一节课下来，我们三人浑身红包陡生，奇痒难忍。

父亲和我们商量，总在路边上课也不是长久之计，行人、马车以及其他店铺的叫卖总会打搅我们。在烟厂对面，有一家专门卖糖三角的铺子，一到中午，炊烟飞上云端，糖香四溢，馋得我们根本没心思听课。

最近，父亲一直在寻找上课的地方，只要干净、明亮，交点租金也无所谓。这个决定真是英明，我和李全三兴奋地欢呼起来。

我一时兴起，回宿舍取蒲扇，为父亲驱赶蚊子。

烟厂里闷热得像蒸笼，几个干活慢的女工依旧在赶工。为了不影响别人休息，她们切烟叶、卷罗纹纸的声音变得窸窸窣窣。

宿舍比一楼更热，汗水把我的衣服都弄湿了，也不知男工们如何睡得这么安稳。宿舍一共空出三张床，

等你回来

除了我和父亲，还有谁中午没休息？汗水顺着额头流下来，痒痒的，我被搅得没心思细想，抓起蒲扇走出宿舍。

当我沿楼梯朝下走时，一个人影差点与我撞个满怀。居然是王璋！他光着脊梁，目不斜视地走进宿舍。

我狐疑地盯着他，自从撞见他和另外几个男工嘀咕，我总觉得他不怀好意。

但很快，我就将王璋忘到脑后，为了让父亲专心教书，我为他打了一个时辰的蒲扇，胳膊都酸得抬不起来了。

放学之后，李全三跑回红顶洋房，照顾"小洋鬼子"。

从前李全三亲昵地称小男孩为"弟弟"，现在却恶狠狠地称他为"小洋鬼子"。

李全三经常抱怨，小洋鬼子的脚伤早就痊愈了，但他耍赖不肯走路，非说脚疼，只有被抱着、背着才不疼，心血来潮还要"骑大马"。

这份苦差事落到李全三头上，让他叫苦不迭。他驮着小洋鬼子在宽敞的客厅里绕了一圈又一圈，汗水滴在精致的红地毯上。小洋鬼子简直就是阎王爷派来折磨李全三的。

从前我还觉得那小洋人乖巧、招人喜欢，现在看来，其实和他爹娘没什么两样。

　　下午，我挎上竹篮，继续在街巷叫卖。今天生意很红火，一连卖出四盒烟。

　　若不是傍晚回家的时候，我在居仁街上听到激烈的争执声，这只是一个平常的夏日午后。

　　可是这个下午，注定不平常。

　　远远传来的是父亲愤怒的声音！平时，父亲就像一个波澜不惊的大湖，再猛烈的风雨都难以掀起波浪。究竟发生了什么事，让他如此大动肝火？

　　拥挤的工人们把屋门挡住了，我费了好一番力气才钻进去。一楼灯火通明，父亲站在最中央，气得浑身发抖："天地良心！这十盒香烟确实是我亲手做的，谁说谎天打五雷轰，你敢发毒誓吗？"

　　"发就发，谁怕谁！"父亲对面的男工指天画地，像驴一样嘶鸣着。

　　我个子矮，被前面的人挡住了视线，也听不出那变了腔调的声音是谁。我正要一探究竟，一双手在背后拉住了我，原来是王伯伯。他急切地对我说："二月，今晚收工时董师傅说他的烟少了十盒，我亲自数过，他确实只交了五盒。平时他每天至少完成十五盒，

不知今天怎么了。董师傅特别较真，非说烟被其他工人偷走了。他四处翻找，把工人们的坐垫掀起来，把抽屉拉开，像捉贼似的，这像什么话！你快劝劝他，别再闹了！"

我听了大为不满："搞明白了吗？到底是我爹没做，还是烟被别人偷走了？"

王伯伯叹气："不知为啥，董师傅一口咬定烟被王璋偷走了。王璋是我儿子，我还不知道？他不是手脚不干净的人，怎么可能做这种事！"

王璋？我踮起脚尖，这才发现与父亲争论不休的人正是王璋！晌午时我便觉得他鬼鬼祟祟，准做了坏事！

王璋的脸红扑扑的，好像喝了酒："你哪只眼睛看到我拿你的烟？你说这些烟是你造的，叫它们，它们答应吗？难不成，它们都随你，姓董？"

王璋大笑三声，男工们也一阵哄笑。

面对这情形，父亲的情绪却稳定下来："年轻人，你这样说话是强词夺理！首先，我一天能做多少盒烟，我心里是有数的；其次，我做的烟，和别人不一样。你那十二盒烟里，有十盒经过我的手，是不是一瞧便知。"

王璋抬起下巴，轻蔑地说："董师傅，请你说说，你做的烟，有什么和别人不一样的？"

"今天分到我手里的烟叶有点发潮，颜色紫红。敢不敢把你的香烟剥开，看看烟丝是不是紫红色？"

王璋正要作答，王老板沉声道："这个，老董，这批烟叶放置的时间有点久，全返潮，虽然不影响造烟，但颜色都是紫红。凭这个是分不出来的。"

工人们纷纷表示，今天经他们手的烟叶也泛着紫红。

父亲一愣，慢慢低下头。王璋居高临下地看着父亲，猖狂大笑起来。我怒火中烧，眼睁睁看着父亲蒙受屈辱，比死还难受！

我上前一步："王璋，你做了什么勾当别以为我不知道！"

所有人都大吃一惊。大概因为我太瘦小，大家都没有发现挤到最前面的我。我继续说："今天中午，所有男工都在睡觉，为什么你没睡？我在楼梯上撞见你了！你在一楼做了什么，就算我和我爹没看见，我想，姐姐、婶婶们一定看见了！"

我把手一挥，指望有良知的女工站出来说句公道话。哪知，那几个赶工的女工全部唯唯诺诺："我们忙着做活，啥都没看到啊……"

我气得手发抖，老天爷，我怎么忘了，王璋的父亲是王伯伯，她们一定惧怕"烟厂二当家公子"的身份。

王璋的脸更红了："小子，你再胡说八道，小心我报官，把你抓走！"

我冷笑一声："胡说八道？那天我都听见你们商量了。"我指着王璋身边的男工们："你们说要给我爹一个下马威，这件事，是早就预谋的吧！"

这句话无异于平地惊雷，王老板狐疑地问道："董二月说的，是真事？"

王璋狗急跳墙，挥舞拳头冲上来："小子，你敢诬陷我们？我看你是欠收拾了！"

王璋可吓不倒我，有父亲在呢。我一下转到父亲身后，父亲虽然瘦，但是身形高大，王璋才不是他的对手。果然，王璋一下子收住脚步，和父亲对峙起来。

双方剑拔弩张，一场争斗似乎难以避免。就在此时，父亲忽然沉稳地说道："你不是问，我做的烟有什么和别人不一样的吗？告诉你，我做的香烟比你们所有人的都细。"

他似乎经过了深思熟虑，完全镇静了下来，语调不缓不急："想必你们都清楚，从前我住在渔村，闲下来就去打鱼，每天撒网拉网，手上比别人更有力气。罗纹纸是有韧性的，卷到一定程度，难以再收紧。因为手指力气大，我能将罗纹纸再多卷半圈，这样香烟更紧实，也比普通香烟更细。我是故意这样做的，这份工来之不易，我要养活董二月，还要继续寻找他娘和小妹，这些都需要钱。如果因为我的做工不到位，香烟在客人手里散架，砸了'鲁安香烟'这块金字招牌，我因此丢失工作，那我们爷俩的日子岂不更难过？我想请王老板亲自对比香烟，如果王璋手中的烟确实比一般香烟细，希望还我一个公道。"

听了父亲的话，我的心一下子落到肚子里，踏实了。我得意地看着王璋，看他如何狡辩。

王老板命王璋打开那几盒香烟，和一般的烟对比，果真细了一圈。王老板顿时一言不发，而王璋的嘴唇直哆嗦，他扫视四周，眼神游离，脸色由红转白。

众人屏息凝视，静看事态发展。给王璋站台的几个男工一脸慌张，不断拉扯王璋的手臂。

看来，王璋是这几人的头儿，喽啰在劝他投降呢！

突然，王璋深吸一口气："这比一般烟细一圈的烟，是我自己卷出来的。不要听董师傅的一面之词，就认定我是贼！"

公道自在人心！王老板命王璋来到造烟台前，当场卷一根香烟给我们看。"你们谁都不许帮忙！"王老板对几个年轻男工吩咐。

王璋眉头紧皱，双目圆睁，汗水从额头滑下，啪嗒啪嗒打在造烟台上。他开始动手了，一切程序按部就班地完成，直到卷罗纹纸的步骤。这时候要先涂抹糨糊，然后利用铁棍把罗纹纸从一侧推向另一侧。我见过父亲工作，他用铁棍卷制香烟时，毫不吝啬力气，铁棍都在颤抖，罗纹纸紧紧贴在铁棍上，卷出来的香烟既平整又紧实。

王璋不知道这诀窍，即使知道，也没有这力气。成品将出，眼看露馅，他立即把已经粘好的罗纹纸分开，直接用手扯罗纹纸，妄图将香烟拉紧。然而他犯了大忌，罗纹纸韧是韧，也经不起这么撕扯。我在心中默数"三、二、一"，只听"刺啦"一声，好端端的香烟从正中被撕扯为两半，烟丝洒得满地都是。

所有人都盯着报废的香烟，事实不言而喻。

王老板问几个年轻男工："还有谁能卷出细烟，不妨卷卷看。"

他们纷纷摆手，低垂脑袋，狼狈异常。

王老板沉吟半晌才开口："王璋，你为什么要偷董师傅的香烟？"

王璋耷拉着脑袋，不敢再抵赖，艰难地说："董师傅效率高，把原料都用光了，自从他来到香烟厂，我们的工钱明显减少了。"

"混账！"王老板骂道，脸色通红，模样很吓人，"如果你们的效率都像董师傅一样高，那我多进原料便是！全是借口，明明是你们眼红别人！"

王伯伯恼极了，冲上来狠狠甩了王璋一个耳光："咱们王家，世代清白，想不到到你这里，成贼啦！"

"爹！"王璋委屈地叫道，他也不过是个年轻人，惶恐中，眼泪都流出来了。

王老板惩罚王璋去漆黑的后院面壁思过。后院杂草丛生，蚊虫乱飞，还有满是粪便的马厩，够他受的。王老板又宣布把几个帮腔男工的当月工钱各扣一半，男工们一片哀号，王老板大声说："再叫唤就扣光！"

几个男工立即闭紧嘴巴。王璋则像被抽去了脊梁骨，佝偻着身体，一摇一摆走向后院。

王老板站到台阶高处，提高了声音道："诸位，咱们做的虽是小小的香烟生意，但是大家别看不起这香烟。如今我泱泱中国，外敌入侵，前线战士以命拼搏，我们也当不落人后。咱们做的香烟，一能送上前线为战士消除疲劳；二能为文豪义士提神醒脑，写出的文章才能鼓舞士气。所谓天下兴亡，匹夫有责，而鹬蚌相争，只能让渔翁得利。对鲁安烟厂而言，最重要的就是团结；全国人民，最重要的也是团结。假如不团结，别说外敌入侵，从内部便瓦解了。"

王老板颇有深意地看着工人们，目光长时间停在父亲和几个男工身上，大手一挥："走吧，都累了一天，去吃饭。"

工人们三三两两消失在楼梯尽头，我和父亲走在最后。我兴奋地对父亲说："爹，咱们赢啦！"

父亲朝通往后院的木门瞧了一眼："同室操戈，他们输了，咱们也没赢。"

说完这话，父亲停下脚步想了想，竟转身朝后院走去。

"爹，你干吗去？"我大声问。

"我去看看王璋，"父亲对我说，"你去二楼盛点饭，送到后院。"

父亲留下摸不着头脑的我，自己径直走向木门。

第五章　学堂

盛夏真是恼人，我好像没睡多久，还没在梦中跟娘和小妹团聚够，滚烫的晨光就把我照醒了。

脑袋里还是一片迷茫，我慢慢腾腾穿衣起床。忽然听见楼下嘈杂的声音，我一个激灵，彻底清醒。难不成，父亲又与工人们争执起来了？

我跳下床，疾风一样赤脚奔向楼梯，在楼梯拐角俯瞰一楼。我呆住了，没有争吵或打斗，大家正热火朝天地忙着：几个年轻男工正合力把父亲的造烟台搬向一楼唯一的玻璃窗下，那个位置原本属于王伯伯。而王伯伯的工作台，被另外几个男工"吭哧吭哧"抬到了父亲原本的位置。

父亲、王老板和王伯伯站在楼梯上，指挥着大家搬运造烟台。王老板下命令，父亲与王伯伯随声应和。

女工们也没闲着，"嗨哟嗨哟"地帮男工喊号子。

她们边喊边笑，号子七零八落，但这并不妨碍男工们的积极性。不一会儿，两张沉重的造烟台便对调完毕。

王璋抬完父亲的造烟台，跑过来殷勤地对他说："董师傅，都布置好了，您去试一试，不舒服再调整位置。"

父亲腼腆地笑着："这，这怎么好意思呢……"

王伯伯和王老板道："去试试，去试试！"

男工女工们齐声说着："董师傅，去试试吧！"

我是不是还在做梦？所听所见，令我难以置信。在烟厂居住的一个多月，我的心情没有一刻不是阴郁沉闷的，何曾像现在这样，每一个人都在笑，每一个人都好像刚学会笑的样子。阳光照进窗户，一楼比以往明亮了好几分。

耳边忽然有人说："董二月，你咋才起，早饭都凉啦！"

我差点惊掉下巴，平日整天躲在厨房里的胖大娘，也跑出来瞧热闹，跟我说话亲热万分，好像拿我当亲儿子似的。

我还以为听错了，她却再次唤道："董二月，愣着干啥？大娘特意给你留了好吃的。"

不由分说，她像拎小鸡一样将我拎到饭桌旁，甚至亲自为我拉开凳子，让我特别不自在。平常我如果像今天这样起晚，别说早饭，连刷锅水都不会留下，何况这种待遇？看到筐里嫩黄的藕夹和黏稠的米粥，我情不自禁地咽了一下口水，食欲战胜了疑惑，立刻狼吞虎咽地吃起来。

藕夹外酥里嫩，有肉的味道。从前日子艰难的时候，即使过年，娘炸的藕夹里都不一定有肉。我吃得手舞足蹈，一定连脑门都蹭上了油。

胖大娘笑眯眯地对我说："董二月，你知道不？王老板给你爹升官啦。王老板特意嘱咐我们，要好好关照你们爷俩呢。"

什么？升官！我差点被藕夹噎住，赶紧用米粥冲下去："升官？为啥给爹升官？升啥官？"

父亲才当了一个月的造烟工，比起王伯伯这样把小半辈子都贡献给鲁安烟厂的工人，他可是个不折不扣的新手。

"为啥升官？还不是因为你爹做活认真、舍得下力气！从前工人们做香烟只为凑数，罗纹纸一卷，糨糊一粘，还没拆烟盒，烟叶就掉出来了。为这，王老板可没少犯愁。昨晚听你爹说完经验，王老板大概想，你爹这么能干，手艺又好，便和你王伯伯商量，让你爹做技术主管，也给其他工人做榜样。"

正说得来劲，胖大娘一下打住话头，神秘兮兮地说："好多都是我瞎猜的，可不敢东问西说！"

"放心放心，"我舔着油渍麻花的指头，"我的嘴严着呢！"

胖大娘笑眯眯地摸着我的头，大手把我的半个脑袋都包住了："还有藕夹呢，不够我再去给你拿。董二月，你的命真好，往后，你就是鲁安烟厂三当家的公子了！"

我不在乎当什么公子，我又不像王璋那样虚荣。我只觉得藕夹真好吃，一连吃了五个，整个上午连打嗝都是藕香。我撑得一口午饭都没吃，晌午听课的时候，一万只瞌睡虫围着我打转转。

"董二月，你睡着了？坐直身子，好好听课。"一个声音蓦地响起，像是很远又像是很近，一会儿清晰一会儿模糊，一定是李全三在打搅我的美梦。

我闭着眼睛，眼前被太阳晒得白花花的："听什么课，我是公子了。"

突然，头顶传来一下剧痛，我立刻睁开眼睛，父亲正居高临下地看着我，气势汹汹。他用课本砸中我的脑袋："公子？你睡魔怔了吧？怎样，现在清醒了吗？还想当公子吗？"

"不当了，不当了。"我连声诺诺，赶紧把头埋进书本。

李全三这个坏家伙，一边假装看书，一边用眼角余光瞥我，咧嘴偷偷笑呢！

父亲曾许诺，要找一处专门给我们上课的地方。我们盼星星盼月亮，直到今天课堂都没着落，不是位置远就是价格贵，看来，想要个自己的课堂大概是个梦了。

我们不得不继续在树下上课，忍受着热浪的炙烤和蚊子的折磨。我发誓，我已历经十一个夏天，没有哪个夏天像今年一样让我的汗像海浪一样汹涌，更没有哪个夏天让我被蚊子叮得浑身没有一寸好皮肤。

我依稀听到"沙沙"的脚步声，有人向我们走来。我还没反应过来，来人忽然跌倒在我身旁。我吓了一跳，一看，原来是王老板，不知他什么时候走过来的，却莫名其妙摔了一跤。

"王老板，你怎么来了？"

王老板摔得有点发蒙："我，我恰好经过，瞧你们学得热火朝天，顺道来瞧瞧。"

父亲微笑道："草底下都是坑，你得注意点。"

王老板拍打手上的灰尘："孩子们在这里念书也太

受罪了。"

"有这儿上课太不方便了，"我好不容易抓住这次发牢骚的机会，长叹一口气，"但再艰苦也得好好学知识!"

李全三点点头，像应声虫一样补充道："不然对不起云深先生。"

王老板向我们眨眨眼，做了一个"请"的手势，让父亲继续讲课。难道，王老板也想当父亲的学生?

父亲并没有因为王老板的到来而慌张，继续有条不紊地讲述李白的《梦游天姥吟留别》。诗人那浪漫、瑰丽的描述感染了我，我仿佛被浩渺的烟波笼罩着，脚踏清溪，置身山林；在云雾中飞翔，触摸着烟霞，倾听着鸟鸣，云裳羽衣的神仙纷纷从云端飘然而下，围绕着我，翩翩起舞。在那些面目模糊的神仙中，我竟发现了小妹和娘的脸庞，而她们却茫然四顾，眼神直直穿透我，对她们而言，我仿佛是一团空气……我周身一颤，从胡思乱想中清醒过来。

诗已讲完，王老板带头拍起手："云深，当年你学习就好，看来这些年，你书本也没放下，教起书来比以前咱们的先生都强。你这么优秀，当造烟工人，简直屈才啊!"

王老板大手一挥："前几天你向我打听教室的事儿，我考虑了一下，烟厂的后院不就是现成的？如果觉得合适，把后院收拾出来尽管用便是。"

父亲笑笑说："原来你不是顺道旁听的，是特意来考察我的能力。"

我和李全三对视一眼，我看出他的想法和我一样。我们同时高举双手反对："不行不行，坚决不能去后院！"

"为啥？"父亲愣住了，"你们不是一直盼着有个教室用吗？后院哪里不好？"

我喊："爹你忘了？后院是做啥的？后院有马厩，马粪堆得比马还高，地面密密麻麻都是马蹄踏出来的窟窿。后院脏乱不说，马粪招来的虫子比这儿还多。那种环境，怎么上课？"

李全三忙说："就是就是，上次我找董二月，不小心跑后院去了，我的老天爷，那里真是又脏又臭。咱们如果把学习的场地转移到那儿，还得闻那个马粪味儿！我有二月一个同学就够了，不想跟那匹马做同学。"

王老板一向把小马视作宝贝疙瘩，听我俩这么一抱怨，脸登时变了颜色。他当即拍拍裤子站起来："孩子们，马脏吗？没有马，用什么运输烟叶和工具？没有马，哪有鲁安烟厂，哪有你们现在的生活？马粪是脏，可那是上好的粪肥，你们吃的粮食、菜，还不是浇粪才长出来的？"

想想后院那臭臭的马粪，再想想中午吃的饭，我顿时感到一阵恶心。

王老板又拍拍我的肩："孩子，人要学会知恩图报。那匹小马驮着你爹从济南走到青岛，又从青岛走回济南。虽说没找到你娘和小妹，但是它没有功劳也有苦劳啊！当初如果知道你这么没良心，才不让它吃这份苦！"

王老板俯视着我们："再说了，我当然不是让你们在马厩旁学习，别忘了，后院还有仓库！夏天到了，烟叶放在仓库中容易受潮，要分批拿出来在太阳底下摊开晾晒，腾出来的仓库可以当你们的教室。仓库虽然小，但是采光还行，也不用挨太阳晒、受蚊虫咬。"

说到这里，他板起脸说："不过，看你们俩这样儿，我琢磨你们对仓库也没兴趣，还是算了吧。"

我呆若木鸡，不知如何回话，王老板重重叹口气，拂袖而去。

大好的机会，我们却没有把握住。我张开嘴，却发现自己只能发出叹气声。

父亲皱着眉头，苦笑着说："你们啊……"

他宣布今天提前下课，头也不回地走回烟厂，上工时间到了。

太阳炙烤大地，四周空无一人。我和李全三面面相觑，该怎么办呢？

办法还是有的，王老板是注重实干的人，我和李全三思来想去，决定靠实际行动换取他的原谅。

我和李全三特意大清早去郊外打了最鲜嫩的青草，剁碎，拌上玉米秸秆，还有我们早饭省出来的玉米糊糊，以此"贿赂"小马。它大快朵颐之后，耳朵欢快抖动着，满嘴玉米渣子，直往我和李全三身上蹭，这是在向我们表达感激之情呢。

我轻轻摸着它的脑袋，小声说："小马啊小马，你要是真的感谢我们，就给王老板说说，把仓库给我们当教室吧！"

小马虽然不会说话，我们的行为却被王老板看在眼里。第二天，我们得到了梦寐以求的仓库。

以王璋为首的年轻男工自告奋勇承担打扫重任。所谓不打不相识，那晚父亲非但没记仇，反而在王璋面壁思过时，亲手把饭菜端给他，这让王璋大为感动。

从此只要跟父亲有关的活儿，他都一马当先，冲在最前面。

清理干净的仓库散发着一股淡淡的烟草香，闻不到一丝粪便的味道。王老板托人从附近遣散的学校买来废置的课桌椅子，竟然还有一面小黑板。仓库成了真正的教室。坐在这明亮宽敞、庇护我们不受风吹雨淋的仓库教室中，我经常告诫自己，要珍惜这来之不易的学习机会。每日晌午，琅琅书声如炊烟飘向居仁街，成为鲁安烟厂的独特风景。

偶尔，我们会发现年轻工人们在仓库外徘徊，偷听我们上课。他们都大不了我们几岁，没念过书，对书本有着莫名渴望。父亲邀请他们进来，他们却摆手拒绝，说我们学习的内容太高深，他们只需在门外听一听读书声，便心满意足。

在明湖路，有一帮和我们年纪相仿的男孩女孩，他们的命运和我们相似，几乎都是从老家逃难来济南，和爹娘一起在有钱人家当下人。他们都没有继续念书，整日做着又脏又累的活。

虽然命运相似，但我一点儿也不喜欢他们，看到李全三与他们玩闹我就特别吃味。我一直把李全三当成最好的兄弟，这些孩子却霸占了本该属于我和全三在一起的时光。那种感觉，就像最珍贵的玩具、最美味的食物被他们抢走，让我特别不痛快。

有一次，我去明湖路找李全三玩，他却忙着跟一个衣着脏兮兮的男孩子咬耳朵，心思全不在我身上，气得我当场转身离开，好几天都不搭理他。

因此，即便在明湖路与那些男孩女孩相遇，他们主动向我打招呼，我对他们也是爱搭不理。

那些男孩女孩也渴盼念书，一听说我们的仓库教室，都像跳出水面的小鱼一样雀跃着，纷纷问询李全三能不能成为我们的同窗，交学费都行，只要不贵。全三犯难了："这……我做不了主啊。我得问问云深先生。"

课间，全三问父亲能否再添些学生，不用想，我便知道是明湖路那帮男孩女孩，我替父亲答道："不行。"

"为啥不行？多加些同学，念书更有劲头不是吗？"全三反问。

我一时不知如何辩解，总不能坦白真实原因吧，那显得我多小气。幸好父亲为我解围："教室这么小，再放桌椅，估计坐不开。更重要的是，我的精力有限，还得做工，恐怕不能应付更多学生。"

父亲打消了李全三的想法，却无法熄灭那些男孩女孩心中的火苗。他们着魔一般，一到晌午便聚在烟厂门口，叽叽喳喳，吵得工人们没法休息。要是有人赶他们走，他们就可怜巴巴地眨着快要落泪的眼睛："我们就想听听课……"

心善的工人过意不去，允许他们进门。他们直接跑向后院，在仓库门口徘徊，细碎的脚步声让人心烦意乱。

没辙，教室门只能向他们敞开。带着一身马粪味儿的孩子们径直钻进来，席地而坐，像一只只癞皮狗，竟然"云深先生""云深先生"地欢叫开了。

从此，无论烈阳暴雨，这群从天而降的学生雷打不动，准时出现在烟厂门口。他们的爹娘遣他们送来礼物，也有的送来零零散散的铜板，算作学费。父亲收下了一些不值钱的礼物，钱则原封不动退回去。没有座位，这些学生席地而坐；没有课本，他们手抄笔录。

这些孩子就像生命力顽强的杂草，无论扔到哪里，都能成长。

伴随着我的愤怒、父亲的无奈，这些男孩女孩成了我和李全三的同窗。

有时他们争着回答问题，挥舞着手臂，齐刷刷如长出一片树林，险些打到我的脸，我的怒火快要把屋顶的茅草点燃了。

这些男孩女孩的脸皮简直比城墙还厚！我无时无刻不在幻想，用一把巨大的扫帚，把他们像清扫肮脏的灰尘一样清扫出去，永远远离我的仓库教室！

平添了许多学生，多了许多张嘴，他们将仓库教室和父亲吹捧得神乎其神。有一次，我和父亲上街，一个持烟杆的陌生老人主动和我们打招呼："您就是鲁安烟厂的云深先生？"

父亲点头承认。

老人冲父亲点点头："您是好人，您做了一件积攒功德的事儿。"

周围的人听到父亲的名字，也都停下脚步，明明都是陌生面孔，但他们似乎都认识我们，向我们露出微笑。

不知不觉，父亲居然成了济南城的一个名人，不，一位名师。经过小孩、家长，以及敬佩父亲的老百姓口口相传，"云深先生"的称呼传遍济南城。烟厂工人，平平无奇，教书先生，也随处可见；然而，除去做工，将自己的全部时间贡献出来，教授孩子们读书，恐怕只有父亲一人。更何况，父亲教书，分文不取，全

是义举。父亲的学生，也在父亲的教育下，不但学到了很多知识，还懂得了很多做人的道理。

只要在大街上有人认出"云深先生"，作为儿子，我都特别为父亲开心。

然而，很久很久以后，我才知道，"云深先生"的大名不仅在中国人之间流传，甚至在搜集中国情报的日本特务之间，也流传着他教书育人的故事。

如果不是父亲变得这么有名，那么后来的许多事情就不会发生。

因为父亲，鲁安烟厂也名声大噪。眼看香烟销量扶摇直上，王老板笑得合不拢嘴。"真是无心插柳柳成荫！"王老板摸着那些男孩女孩的脑袋，"你们再多多宣传一下云深先生，顺便宣传一下鲁安烟厂。"

从此男孩女孩们不论当街打闹，还是做脏活累活，总把仓库教室挂在嘴边。有好事者问："你们是怎么找到这么好的地方学习的？"

他们说："多亏李全三。"

"李全三？谁是李全三？"

他们说："云深先生是李全三的朋友的爹，可是云深先生有时候也叫李全三'儿子'，哎呀，我们也搞不清他们是什么关系。"

因为我从不搭理他们，所以他们不提我的名字。在他们口中，我只是"李全三的朋友"。

好事者继续问："听说云深先生是鲁安烟厂的三当家？"

男孩女孩犹犹豫豫："大概……是吧……"

好事者之间的传话最离谱，这版本竟演变成"李全三的父亲是鲁安烟厂的三当家"，说得街知巷闻。有一次我和李全三在大街上转悠，一天卖花的乡下女孩拦住我们："全三哥，买一束花吧。"

"买花？我比你还穷呢！"李全三笑道。

"你是鲁安烟厂三当家的公子，怎么会没钱？"

我和李全三一愣，哈哈大笑。李全三指着我问女孩："如果我是公子，那么他是谁？"

女孩瞥了我一眼："他不是跟着你卖烟的小工吗？"

李全三擦了擦笑出来的眼泪，掏出两分钱给她："好好，那本公子就买你一朵花。"

那朵花染香了李全三的日子。一开始，李全三还会向别人解释他和父亲的关系；日子一久，我们都懒得张口。从小，因为他爹常年不在身边，李全三没少受欺负；冷不丁地，有了一个当先生的有名的爹，这种感觉，够他受用一阵。

我一点也不介意把父亲分享给他，在我心中，李全三早就是我的亲兄弟了。

一个黄昏，太阳将落未落，晚霞正红得灿烂，我和李全三刚从凉爽的护城河中钻出来，水珠还挂在身上，夏天的燥热被冲刷得无踪无影。斑斓的晚霞让我们想起大章村的傍晚，于是仰着头看了一路，看到脖子酸痛。

身边全是行色匆匆的路人和飞快跑过的黄包车。正当我们看晚霞看得出神，李全三忽然大叫一声，一个年轻的陌生男子不知从何处跑来，猛地抓住李全三的手腕。李全三被拉扯得东倒西歪，亏我及时扶住他，他才没摔倒在地。

李全三回过神，气恼地问："你是谁？要做什么？"

来人瘦小猥琐，神色慌张，喘着粗气说："你是鲁安烟厂三当家的公子吗？"

我们都没弄明白是怎么回事，李全三也和往常一样随意点点头。

那人急切地说："小弟，你娘，你娘她干活时滑倒啦！后脑勺着地，受了重伤！现在送到医院去了，她口吐白沫、昏迷不醒，你快去看看！医生说再晚一点，可能就见不上最后一面啦！"

一听说娘出事了，李全三呆立原地，浑身剧烈颤抖，忽然就大声号哭起来，泪水像瀑布般喷涌。

"全三，不要哭！"我徒劳地劝说着，却发现自己不知不觉也流泪了。噩耗来得太突然，全三娘拿我当亲儿子，对我比对全三还好，我的心就像失去亲人一样疼痛。

"哎呀，你再哭，就真的见不上最后一面啦！"矮小男人急迫地一拉李全三的胳膊，"黄包车在那边等着咱们呢！走吧！"

李全三跟跟跄跄，眼含热泪，无助地望着我。我一时不知如何是好，只能小跑跟上他们的步伐："我跟你们一起去！"

"你就甭添乱啦！"年轻男人用力推了我一把，"你是谁？是烟厂的工人吧？黄包车那么小，哪容得下你？去，一边去！"

他的态度让我不知所措，我不由自主地停下脚步，眼看着他们快步如飞，奔向街角，登上一辆黄包车，很快消失在夜色中。

滚烫的街道随着夜晚来临变得清凉，夜市拉开帷幕。新沏的茶，刚出笼的包子，才盛进碗里的玉米糊糊，一团团热气拥挤着、缠绕着，升入夜空。街边的煤油灯被点亮，温暖的灯光照耀着我，我却感到彻头彻尾的寒冷。我觉得周围异常嘈杂，几万个声音在耳朵里作响；同时又特别宁静，周围的人嘴巴开合着，我却听不到一点声音。

"再晚一点，可能就见不上最后一面啦……"我的脑海里不断回荡着这个声音。

我擦了一把眼泪，双眼胀得厉害。我望着李全三他们消失的街口，这街口也泡在泪水中，变得特别模糊。

这一刻，我茫然不知所措。

第六章　绑架

　　我的身子摇摇晃晃，一阵奇怪的呼啸声在我头顶掠过，这是夏夜的晚风，却仿佛带着刺骨的寒意。我快站不住了，风再大一点儿，我便会被吹倒在地。

　　我不知怎么回的香烟厂。

　　工人们正在吃饭，我浑身瘫软，跌坐在唯一的空位上。王伯伯发觉我不对劲，问我发生了什么，可是我张了张嘴，一句话都说不出来。

　　父亲也着急了，摇晃我的胳膊："二月，你怎么了？遇到什么事了？"

　　望着父亲，我突然有了力气。只是未曾开口，眼泪先流下来："爹，全三娘，她，她可能快死了！"

　　父亲难以置信地望着我，他怀疑自己听错了，再次问道："你说什么？全三娘怎么啦？"

　　我的眼泪决堤了："刚才在大街上有个人找到李全

三，说他娘滑倒了，后脑勺磕在地面，伤势特别严重，现在还在医院抢救。那人直接把李全三接走了。爹，怎么办，我娘还没找到呢，全三的娘也要没了……"

碗筷相碰的声响骤然停止，我的抽泣声特别突兀。在动荡年月，"死亡"是最敏感的话题，它与在座每一个人都有或远或近的关系。父亲手有些抖，他哆嗦着点燃了一根香烟，狠狠吸了一口："全三娘在哪个医院，你知道不？"

我摇摇头，那男人火急火燎，态度坚决，不准我问东问西。我只知在医院，竟连医院的名字都没问明白。我真是笨！

父亲猛地把烟掐了，问王伯伯："明湖路附近有什么医院？"

"有正大医院。"王伯伯说完，又用询问的眼神看向王老板，王老板接着说："更远一点还有齐鲁医院。"

王璋颇为积极地喊道："还有中德医院，不过那是战地医院，专门收治伤员。"他摸着下巴，喃喃自语："那家医院离明湖路好像有点远。"

我擤一把鼻涕，看向父亲，父亲一把将我拉起来："走，咱们去正大医院。"

他问王老板："能不能派几个年轻人去齐鲁医院看

看？病人姓郭，叫……"父亲看看我，我看着他，平常我们都直呼"全三娘"，只知道她姓郭，却不知她的大名。

父亲只得说："病人的岁数和我差不多，很瘦，黑眼圈很重，白发很多。总之，你们见到医生就问，今天有没有收治脑袋摔伤的病人。一旦找到，立刻通知我们。"

话音未落，王璋和他的兄弟们已经站了出来："董师傅，那我们去中德医院找找。"

父亲点点头，大家一齐拥向楼梯。胖大娘闻声从厨房探出脑袋："这就走啦？饭还没吃完呢！"

父亲头也不回，挥一挥手："人命关天。"

父亲吩咐王璋他们："不管能否找到，咱们都在明湖路口会合。"

留守烟厂的只有王老板、王伯伯和几个体弱的女工。如此大动干戈，我在烟厂居住近两个月，还是破天荒头一遭遇到。这还是那个工人们像提线木偶一样活着的憋闷的鲁安烟厂吗？与全三娘素昧平生，他们却如此积极，真叫人感动。

我与父亲顺着居仁街向正大医院狂奔而去。工人们的影子如同鬼魅，在居仁街与小路的岔路口消失不见。夜幕完全降临，道路只靠月光照明。夜市亦散场，路上一个人影都见不到。远处传来苍凉的狗吠，打更人孤独地敲着梆子。

我好几次被坑洼绊得踉跄，多亏父亲才没摔倒。离医院越近，我的心越慌乱。我渴望见到脱离危险的全三娘，又害怕见到全三娘的时候，她已双眼紧闭，没有呼吸……

我望着前方模糊的灯光，回头看了一眼居仁街。我仿佛看到，在路的尽头，又黑又蓝的天空下，鲁安烟厂矗立在夜色中，王老板他们在门口眺望，热切地等待我们带回好消息。

我把心一横，不断给自己打气：全三娘，等我，一定要等我！

父亲用力握住我的手，我抬起头，发现正大医院已经近在眼前。

正大医院共三层，宽敞气派，比五个鲁安烟厂还大。木质旋转楼梯和瑰丽的吊灯，让我感觉身处明湖路的华贵洋房。与豪华医院形成鲜明对比的是空荡荡的大厅，走廊的光线次第变暗，每走一步我都胆战心惊。不知从何处吹来一阵冷风，我的后背瞬间僵硬，总感觉在暗中有眼睛正死死盯着我和父亲。

医生护士在哪里？病人又在哪里？若不是挂在墙上的招牌，我真怀疑这个阴森恐怖的地方不是医院。

我们走向二楼，半明半暗的灯光让我紧张得满手是汗。不出所料，二层也有一条安静的走廊，两侧却多了无数屋门紧闭的房间。我心里直打鼓。

"爹，咱们是不是……来错地方啦？"我犹犹豫豫地问道。

"医院没错，我们找一下医生。"父亲忽然停住，看向前面，然后我听到漆黑的走廊中，响起了突兀的脚步声。

一袭白袍由远而近，飘忽忽地来到了我们面前，脸上一片空白，没有五官！老屋中的鬼魂现身了？我吓得连连惊叫，那个诡异的白影开口了："你们是干什么的？这么晚病人都休息了，再嚷嚷请你们出去！"

不是鬼！我使劲晃动脑袋，借着微弱的灯光，才发现这是一个身着白大褂、戴白口罩的男医生。

"医生，"父亲不卑不亢地问道，"请问现在有没有正在抢救的病人。我的朋友今天傍晚伤到后脑勺，正在医院抢救，不知道是不是在这里……"

"没有。"男医生冷冰冰地说完，转身就要离开。

父亲快步赶上，将他拦住，低声下气地说："医

等你回来

97

生，请您帮帮我们。那是一个年纪和我差不多的女人，姓郭，她很瘦……"父亲又详细地把全三娘的模样描述一番。

"近两天没有病人因为脑外伤住院，我是医生，难道我不清楚？"医生翻着他手里的硬皮本，那大概是入院病人的名单。他再次斩钉截铁地确认道："没有就是没有。"

他外露的目光像锐利的刀锋一样扫过我们的脸庞："连病人入住的医院都搞不清楚，糊涂！"

我与父亲面面相觑，全三娘必定正在别的医院受着煎熬。

时间紧迫，父亲朝医生拱手道谢，拉着我转身离开。我们急匆匆冲下楼，像是落荒而逃。那个医生在后面喊着："动作轻点，别把病人吵醒！"

这医生真奇怪，他就不怕他的大嗓门把病人闹醒？

终于冲出这座医院，皎洁的月光洒在我们身上。正大医院在月光下竟变得影影绰绰，好似快融化在夜色中。我不禁怀疑，这座医院真的存在吗？那些紧闭的病房中，真的居住着病人吗？还有，那个奇怪的医生，他，真的是人吗？

恐惧爬遍全身，我强迫自己不再想东想西。我紧跟父亲的步伐，越跑越快，期望能把恐惧远远甩开。

我紧张兮兮地问父亲："您说，他们能找到全三娘吗？"

父亲一言不发，喘息声越来越沉重。

我的喉咙里像被堵了什么，呼吸变得特别困难。我真担心，因为我的疏忽，我们无法见到全三娘最后一面。

我和父亲在明湖路口等待其他人。路旁泉水细流，柳条温柔地随风飘荡。不远处，便是威严的西洋教堂，它在黑暗中犹如一颗巨大的头颅，二楼的两扇玻璃彩窗，反射月亮的光华，像一双注视着城市的绚丽的眼睛。

有多少次，我站在远处，好奇地窥视着教堂里供奉的大胡子西洋神。在艳阳下，教堂会如珍宝一般闪光，有几个衣着素净的修女进进出出。听李全三说，这些修女是专门侍奉西洋神的。

我想，宽宏大量的神一定不会介意我与洋人在外貌和语言上的差别。我双手合十，在心中祷告："神啊，请你帮帮全三娘，保佑她脱离生命危险，李全三不能没有娘。"

黑暗中，有老鼠窸窸窣窣在教堂门口匆匆跑过，打破夜的沉寂。我望着满天星斗："神啊，他们都说你是万能的，请您告诉娘和小妹，我一直都在想念她们，即便没有我和爹的保护，也希望她们平平安安的。请你保佑我们一家人早日团聚！"

我扭头偷看正在踱步的父亲，他的身形有些伛偻。我正想祈求神让父亲不再如此辛苦，黑暗中忽然传来杂乱的脚步声——去其他医院的工人们来会合了。

"怎样，人找到了吗？"父亲当头问道，我也连忙凑上前去。

领头的一摊手："问了个遍，压根没有姓郭的女人。下午倒是送来一个摔断腿的，可那是个男人。"

这可如何是好！父亲再一次问我："二月，李全三是因为他娘摔伤后脑勺被接走的吗？

我用力点头，人命关天的事情，我怎会犯一点马虎？！

父亲迷惑地看着我，出乎意料地沉默了。

人群中有人窃窃私语："会不会被送到王璋说的中德医院了？"

立刻有人否认："不可能，中德医院离这儿有几里地远，要是受了重伤，怎么会去那里？"

"不管怎样，还是等一下王璋的消息，"父亲说，

"既然已经在明湖路了，不如去全三娘居住的洋人家问个明白，他们家总该有人知道全三娘在哪里抢救吧！二月，你认识路吗？"

我当然认得路，我往来无数次，每次来时全三娘都把我迎进门，告别时全三娘都站在门口目送我离开。我望了一眼明湖路，只有三两洋房亮着微弱的光。夜已深，大部分人家早已入睡。一想到全三娘正与阎罗王斗争，我就感到揪心地疼。

我带着父亲走向全三母子居住的洋房，刚走过教堂，忽然有个女人在我们身后喊道："董师傅，找到您说的人啦！李全三他娘，自己找到烟厂去啦！"

两个留守烟厂的女工结伴摸黑前来，气喘吁吁地向我们描述着：我们离开没多久，烟厂外头忽然传来敲门声。女工们误认为我们提早回来，门一开，却扑进来一个陌生女人。她劈头盖脸地问："董二月在吗？云深先生在吗？"那女人头发散乱、神色慌张、语无伦次。女工们搞不清来由，纷纷劝她坐下，喝口水、喘口气再说。那女人声嘶力竭吼道："喝什么水！我的儿子李全三被绑架啦！在济南城的大街上，被人掳走啦！"

那女人说完便号啕大哭起来。

等你回来

我的脑袋彻底蒙了，完全不知道现在这情形是怎么回事。

回烟厂的途中，两个女工断断续续向我们描述全三娘的状态。"感觉像疯了一样。""哪是像，就是疯了！""对对，那双眼，血红血红的，好像要咬人。""咬倒好了，依我看，像要杀人。"

二人七嘴八舌地说着，我的脑袋里充满嗡嗡的鸣响。

终于，回到了烟厂，在一楼昏暗的灯光下，全三娘脸色煞白，好似刚从鬼门关逃回来。她坐在一个工作台前，手捧热水，怕冷一般不停打战。

她发现我们，便跑过来抓住我，犹如溺水的人抓住救命稻草。全三娘虽瘦弱，但力气奇大，快把我的身子摇散架了。她带着哭腔问着："董二月，下午你不是一直和李全三在一起吗？怎么一转眼，他就被拐走啦！"

我何尝不是满腹疑惑，全三娘一问，我愈发迷糊了。在生死线徘徊的全三娘，为何安然无恙地出现在香烟厂？李全三明明被人带去探望他娘，又怎么变成被拐走了？

熟知事件全过程的工人们，也都无法理清头绪，一时议论纷纷。多亏父亲临危不乱，安抚住全三娘，给她详细讲述事情经过。在场的工人都安静下来，后院蛐蛐的叫声绵绵不断，人头攒动的一楼显得更加寂静，只有父亲的声音在回响。

全三娘脸上布满泪水，好像忽然之间老了十岁。她哭啼着，从衣兜里掏出一张白纸："这是在我家门口发现的，一定是绑匪趁人没注意，偷偷塞进门缝的。"

父亲小声读着："令公子在我们手上，想见活口，准备三百元，于明日上午九时送至华山西山脚的凉亭，钱到放人。来人不可过多，若敢报官，后果自负。"

我们被震惊得说不出话，全三娘摔伤脑袋居然是个谎言，坏人利用我的慌乱和李全三的孝心，顺利将他骗走！

我真懊恼，如果当时有父亲一半的镇定，打破砂锅问到底，一定能戳破绑匪的谎言；哪怕我有父亲一半的勇敢，就不会被那个男人恶狠狠的语气吓退；假如我坚持与李全三一起去医院，他也未必会被拐走。

然而，木已成舟，不论如何后悔都是徒劳。

只是，温顺善良的全三母子怎么会被人盯上呢？全三娘哭哭啼啼地抹眼泪："一百元就能买两头牛，三百元，这么多钱，把我卖了也换不到啊！"

我拼命回忆，矮小的陌生男人抓住李全三的手腕时说的话是："你是鲁安烟厂三当家的公子吗？"

猛然间，我意识到，或许这才是绑匪盯上李全三的真正原因！

近段时间，鲁安香烟生意愈来愈好，已经成为济南城最知名的香烟品牌。坊间流传王老板借此大赚一笔，其实他到底挣了多少，没人清楚。王老板只有一子，早已成年，在北京工作。想必坏人们早已打听清楚，既然无法劫持大当家的公子，就对最有名气的云深先生的公子下手。

我的猜测估计八九不离十。可是，所谓的公子，明明是我啊！

蓦地，我惊出一身冷汗。李全三居然不明不白成了我的替身！如果不是他，现在不知被掳去何方的人，便是我啊！

我慌乱地坐到椅子上，浑身软得像棉花，后背一阵阵冒冷汗。李全三此时身在何处？绑匪会不会伤害他？那样巨额的一笔赎金，全三娘该怎么凑呢？

我心中五味杂陈，既有愧疚，又有后悔，并且隐隐约约感到一丝侥幸。我真想狠狠抽自己一耳光，李全三正在代我受罪，我却想多亏被拐走的不是我，我还是不是人！

我不小心看见全三娘湿漉漉的眼睛，禁不住低下了头。那沉甸甸的目光，叫我愧怍得无以复加。

我该怎么办，是隐瞒真相，还是当众说出原委？

正当我倍感矛盾时，父亲缓缓说道："各位兄弟姐妹，这是人命关天的大事。我想，大家都曾有亲人去世，都了解那是怎样一种痛苦。我们不能眼睁睁看着李全三因为拿不出赎金被杀。众人拾柴火焰高，都伸伸手，能帮一把就帮一把。"

父亲号召大家募钱赎回李全三。全三娘满含热泪，可怜巴巴地望着我们。

"我出五元钱。"王璋带头掏口袋，大家纷纷响应。每天晌午，李全三都准时出现在烟厂门口，工人们都认得他，也都喜欢谦虚好学的李全三。在黯淡的煤油灯下，零碎的赎金堆积如小山。这其中也有我的一元钱，我真恨，恨自己平时不该买那么多零食、小玩具，这一元钱已经是我好不容易攒下的家当了。

全三娘泪眼婆娑，一再鞠躬道谢："谢谢大家！谢谢大家！"

管账的女工来回数了三遍，眉头紧锁："一共才一百二十元，离绑匪的要求还差得远呢！"

等你回来

我一听，心里又难受了。那笔巨额赎金像天上的星星一样可望不可即，平头老百姓想拿出这么多钱，如登天般困难。我开始胡思乱想：索性将我卖了，用卖我的钱赎回李全三，也能弥补我心中无底洞般的愧疚。

"剩下的钱，就由我们分担吧。"王老板和王伯伯对视了一眼，面容严肃地说道，"我们商量了一番，你们挣的都是辛苦钱，我们的手头还算比较宽裕。"

父亲望着哭成泪人的全三娘，大声说："全三娘，你尽管放心，李全三，我们一定能救出来！"

全三娘浑身颤抖，茫然地看着父亲，仿佛听不懂他的话。她向前走了两步，又向后退了两步，身体摇摇晃晃，似乎要摔倒。

我正想上前扶她，她忽然又站定了，身体抖动着，颤抖着声音道："谢谢，谢谢你们！下辈子当牛做马，我也要报答你们的恩情！"

说罢，众目睽睽之下，全三娘双膝一软，向着我们，向着台阶上的父亲、王老板、王伯伯他们，重重地跪了下去。

第七章　回来

这一夜，全三娘是在烟厂度过的。

全三娘与父亲他们谋划着明天如何把李全三从绑匪手中赎回来，煤油灯亮到很晚。她便在女工宿舍打地铺凑合了一夜。

这一夜，对于李全三、全三娘和我而言，都是煎熬。

我做了可怕的噩梦。我梦到李全三被绑匪残忍地虐待，他饿得面色蜡黄，满身都是深深的伤痕。他离我那么近，哭泣不止。突然，那张哭泣的脸变成我的，受酷刑的人原来是我，我大声尖叫，奋力挣扎，无奈四肢全被绳子束缚，耳旁是绑匪们刺耳的嘲笑声。

我又梦到浑身是血的李全三站在我面前，他的样子很像那些被炸死的乡亲。他面目狰狞地对我说："董二月，我是替你死的。我死了，你也别想活着……"

我大叫一声醒来，身边几个工人正打着哈欠，抱怨烟厂周围的野猫对着月亮尖叫一宿，让他们都没睡好。难怪我会做噩梦，野猫的叫声就像小孩的哀号，让人不寒而栗。

一想到今天要接李全三回来，我就一刻也躺不下去了。

穿衣下床，收拾妥当，我才发现大部分工人都比以往起得早，接李全三回来对整个香烟厂来说都是大事儿。

我站在二楼，望着一楼挤挤挨挨的脑袋，不知为何，心中升腾起如烟的往事。我想起我和父亲最初踏上离家路时，曾祈祷厄运像老船一样离我们远去。但是如今，似乎苦难依旧和我们如影随形。我虽知道娘和小妹活在世上，却无法与她们团聚；我最好的朋友李全三因为误会，被绑匪掳去，替我承受折磨。

老天爷啊，如果这次能顺利将李全三接回家，请您保佑我们的生活变得顺当起来吧，日子真的太苦了。

全三娘一扭头发现了我，她的双眼肿胀如核桃，眼中布满血丝。她一定一夜未眠。

她勉强笑了一下："二月，起来啦。"

全三娘像对我，又好似对自己说："今天上午，我们就去赎全三，全三能回家了！"

她提着一只布袋，里头哗啦作响，那是工人们连夜为她凑齐的赎金。

"我……"不知为何，此刻我特别想说出全三被掳走的实情。话到嘴边，又咽了回去，我害怕全三娘从此记恨我。

我真是个胆小鬼，一个不折不扣的懦夫。

大概是为了自身安全考虑，绑匪在纸条中说接李全三回家，人不能去多。我们担心李全三的安危，不敢破坏绑匪的规矩。

但是除了全三娘，其他人谁去合适呢？

父亲必然会去，相识多年的关系摆在那儿；我当然也要去，全三是我最好的朋友，他又是在我眼前被坏人骗走的，我一定要亲自接他回来。剩下一个人选，落在烟厂工人的头上。

这很难办，大家都很喜欢李全三，也都很挂念他，工人们全无心工作，吵着闹着要去接他回来。

"老板和爹岁数大了，留在厂里等我们的好消息；女工就不必凑热闹了，万一遇到危险呢；哥几个都别去了，昨天的活还没完工吧？小心被扣工钱。"王璋率先站出来，经他一调配，只剩他是合适人选了。

"让王璋陪你们去吧，"王老板说道，"万一遇到什么事儿，可以帮把手；更重要的是，给他一个将功赎罪的机会。"

"对，对，就是这样。"王璋急切地说，他是真的想要弥补之前犯下的错误。

工人们听了，也只得同意。王老板挥挥手："大家别着急，全三一定能回来！开始工作吧，只要李全三平安回家，我让厨房胖大娘改善伙食，给大家做顿好的！"

气氛终于松快下来。

望着全三娘依旧焦虑的脸，我的心里却愈发难受。

连我曾经瞧不起的王璋都勇于承认错误、想办法补救过失，我竟沦落到连他都不及的地步了。

东方未亮，我们四人便上路了。这里离华山有二十多里路，早上路，可以早点接上全三。

晨风和煦，不冷不热，正是一天里最舒服的时候。

不知能否顺利将全三接回家，我们四人各怀心事，沉默无言。我们经过了五龙潭，穿过鞭指巷，途经许多茶铺和饭馆。道路由洁净变得泥泞，又从泥泞变得洁净，鞋上溅满泥点，鞋里灌进沙子，我都没心思清理。

我们穿过了芙蓉街的早市。

在济南所有的长街短巷里，芙蓉街绝对是数得着的热闹。小商小贩多得数不清，在路两边支起吃食的摊子。除此以外，街道两侧商贾聚居，热闹而繁华。我们脚下是石板路，泉水从石板的边角流淌出来，沿着古老的沟渠向大明湖方向流去。

在众多商铺中，属瑞蚨祥布店最出名。店铺中的布匹颜色鲜艳、花样繁多，被晨光照耀，光芒四射，仿佛店中藏着一个斑斓的春天。我记得王老板曾经对我们说，瑞蚨祥出产的布，在全国都非常有名。

除了布店以外，街上还聚集了刻字、铜锡器、乐器、服装店等作坊，各种店铺鳞次栉比，与各色小吃摊子一起，形成一幅奇妙的画卷。

虽满腹心事，但我很难不去注意芙蓉街上琳琅满目的美食。卖油条的，卖炸糕的，还有卖豆沙包的，形形色色，无所不有。我想起李全三曾对我说，早市里有一刘姓人家，祖祖辈辈卖老豆腐，雪白的豆腐浇上喷香的麻汁酱，上头铺一层翠绿的香菜，如果再添点辣椒油，趁热，呼噜就是一大碗，能吃到满头大汗。

天色虽早，但芙蓉街上人已经很多。有个两三岁的小孩，骑在一个老头的脖颈上，尚未睡醒，紧闭双眼，却紧紧抓着一根大油条，嚼得有滋有味。我的肚皮不争气地"咕噜"一声。"别吵！"我暗中命令肚皮，它却抗议似的，"咕噜噜"响个不停。

"饿了？"父亲问我。

如果买吃的，会不会耽误赶路？可我还是点了点头。我太饿了，刘家老豆腐又太有诱惑力。我悄悄瞥了一眼全三娘，她正焦急地向远方张望。

"我真是自私！"我暗暗骂自己，心里的愧疚又加深了一层。

我发誓，只要买到刘家老豆腐，立马赶路，一刻也不耽搁。

我们在人群中穿梭，走过大半条芙蓉街，依旧未发现老豆腐的影子。父亲手提的布袋发出钱币碰在一起的清脆声响，引得不少人纷纷侧目。

父亲的汗快下来了，与我耳语："二月，到底要吃什么，快些决定，赎金快被盯上啦！别李全三没赎回来，钱财再被人抢去。这可是大家的血汗钱，更是李全三的命啊！"

我环顾左右，只有一家馒头摊，也只能选它了。父亲花两分钱给我买了一个芝麻盐花卷，花三分钱买了三个馒头，分给了全三娘和王璟。

一路上，这花卷被我啃了小半，只觉得毫无滋味。

也不知走了多久，遥遥地，我们终于望见了华山。

这里已经是济南城外，目光所及，是一大片的洼地，夏天雨后蓄了水，变成一片片池沼，芦苇林立，杂草、荆棘四布。这个地方，跑进去几百人怕也找不到踪迹，难怪劫匪会约在这里。

在视线尽头，蓝天之下，华山像一个橛子一样，孤零零地立在沼泽中间。山中树木丛生，仿佛为华山套上一层绿色的壳子。树叶挤挤挨挨，坚硬如铠甲，虽然夏风很大，却纹丝不动。

夏草疯长，淹没了道路，我们好不容易在树林、草丛中找到一条小径，来到了绑匪指定的凉亭。

越靠近凉亭，我越觉得心里堵得慌，也不知道是因为吃了花卷没有喝水噎得，还是我太害怕了。全三娘神色更紧张了，眼睛紧紧地盯着远近的芦苇荡和树林子，期望第一时间看到全三。可是凉亭周围芦苇那么密，野草那么高，她能看见什么呢？

我们四人身处凉亭，焦虑地等待着，坐立不安。

全三娘来回走动，晃得我眼晕。慌乱中，她又打起别的主意："我不放心，万一交了钱他们不放人咋办呢？董师傅，要不我们去衙门报官？现在报官还来得及……"

父亲皱眉："这世道，官府能信？把绑匪逼急，全三就危险啦。既然已经走到这一步，咱们就只能走一步算一步。绑匪确实可恶，但他们要是撕票，那就是砸了招牌，以后没人会再给他们交赎金。放心吧全三娘。"

父亲的分析很有道理，全三娘听了，仿佛有了主心骨，稍微平静了一些。我不由得想起明湖路教堂里供奉的西洋神，在心里一个劲儿地向他祈求：神啊神，请你保佑全三，让他平安回来，别叫我后悔一辈子！

我们继续苦等，心里七上八下。终于，树林中传来我们期待已久的喊声："娘！我在这儿呢！"真是全三熟悉的叫声，却未见任何人出现。

全三娘猛地站起来，带着哭腔对着亭外喊："全三，全三，你在哪儿呢？"

"娘，我在这儿！"凉亭西侧的树丛左摇右晃，李全三被绑匪挟持着走出来。他一定挨过打，鼻青脸肿的，额头还划了一道口子，渗着血迹。他鬓角插着凌乱的稻草，衣服破了，露出干瘦如柴的身子。他细细的胳膊被绑匪紧紧攥着，一把尖锐的匕首正抵着他的喉咙，如果我们轻举妄动，后果不堪设想。

出乎意料的是，凶悍的劫匪居然只有一个人，正是昨天将李全三骗走的矮小男人。

就在这时，让人意料不到的是，王璋突然惊诧地叫起来："哎呀，这不是毛山吗？"王璋向前走了一步："毛山，你也来济南啦！你怎么当上绑匪了？"

原来，王璋与名叫"毛山"的绑匪是旧相识！

毛山一怔，却只哼了一声，向我们挥舞匕首："退后，不许走出凉亭！什么绑匪，告诉你们，我们是黑龙帮！江湖上响当当的字号。王璋，你只是一个烟厂的小工吧，这里轮不到你说话。你们几个，哪个是管事的？"

父亲抬高声音，态度不卑不亢："我是。"他扬起布袋："赎金带来了，可以放人了吗？"

毛山看着装钱的布袋，眼里露出贪婪的光芒，他舔舔嘴唇，嘿嘿笑道："能不能放人，你说了可不算。"

他的态度盛气凌人，要不是怕李全三受伤害，我真想冲上去揍他一拳。他只有一个人，也好意思自称"黑龙帮"？

"毛山，念在我们多年的兄弟情分上，把孩子放了吧。我们绝对不报官，这件事，就当没发生过。你从小心善，我不信你是干出这种事的人。"王璋急于将功赎罪，非但没退后，竟一步跨出凉亭。

眼看他就要走到毛山身边了！

眼看他就要将李全三一把抢回来了！

"退后！我说退后！"毛山忽然狂怒大吼，挥动中的匕首寒光乍现，全三娘吓得尖叫起来。

父亲大喊："小心！"幸亏王璋躲闪及时，才没有受伤，他踉踉跄跄倒退了几步，吓得变了脸色。他没想到这个自小认识的毛山竟然真的动手。

毛山气喘吁吁，双眼血红："情分，情分值几个钱？我小时候，不就是我娘早死，你们都看不起我，谁把我当人看？少跟我扯别的，都给我离远点，再敢过来，小心我一刀抹了这小子的脖子！"

"毛山，不得无理！"杨树林中，响起一个厚重的声音。

树枝摇晃，十几个精壮汉子从树林中走了出来。他们个个身着单马甲，露出壮实的胸膛。只有前面一人，年龄稍大，戴着一副圆圆的墨镜，穿一件长衫，上下干干净净、一尘不染，竟有一副大老板般器宇轩昂的派头。

原来，这就是毛山所说的"黑虎帮"，打头的这个男人，一定是他们的首领。

这首领龇牙咧嘴，冲我父亲抱拳说道："云深先生，久仰久仰。"

父亲也抱拳行礼，赔着小心说："这位大当家的，我们跟您的小弟毛山谈不拢，希望和您谈谈。"

我最担心会情绪失控的全三娘，此时反而忽然平静下来。全三娘说道："遵照你们的命令，我们来赎人了，三百元赎金都在布袋里。一手交钱、一手放人，可以吗？"

毛山嚣张地叫起来："你想得倒美，不愧是烟厂的老板，身家就是有油水，三百块钱说给就给，倒是小瞧你了。要我说，三百块钱太少了，现在我们要六百，不，八百元！"毛山得意扬扬地吼道。他的话点燃了一众绑匪的心火，他们不断点头赞同。

"你们怎么能这样，说话不算数，是要遭报应的！我们这么多人七拼八凑才有了这些钱，烟厂王老板连买原料的钱都拿出来了，让我们再到哪里去凑？"全三娘声音发抖，泪水在眼眶里打转。我赶忙抓住她的手，不能哭，不能哭，只要掉眼泪就相当于向绑匪服软。

全三娘哽咽道："你们想想，如果你们的孩子像我儿子一样被拐走，你们会怎么办？"

绑匪们面面相觑，脸色多少有些尴尬，人心都是肉长的，绑匪也不例外。绑匪首领咂咂嘴，拍拍手道："好了好了，我们黑虎帮是讲江湖规矩的，说多少就是多少。毛山，收钱，放人！"

"大哥，这可是难得的肥羊，下一次生意就没这么好做了！依我看，这么热的天，咱们全帮的兄弟集体出动，三百块根本不够，怎么也得再加五十块钱，给兄弟们买点西瓜消消暑吧！"毛山像狐狸一般的小眼睛眨啊眨，让我真恨不得对准他的眼睛来一拳。

我见过坏人，像日本鬼子，他们毁了大章村，让我见不到娘和小妹，我对他们恨之入骨。然而，毛山的坏，又是另外一种，就像毒蛇一样，阴险而致命。

父亲猛地向前一步，大声喊道："大当家的，这江湖上的道义，您还要不要了？临时加价，这事儿传出去，黑虎帮还能在江湖上混？谁还能相信你们？"

"嗯？"那绑匪首领一皱眉，咂摸咂摸父亲话里的味道，缓缓地说，"我们是绑匪不假，但这世道天灾人祸，老天爷就给咱这一条路走，没法子。但是盗亦有道，江湖规矩必须遵守。毛山，快点放人，不要砸我们黑虎帮的招牌！"

毛山龇牙咧嘴还想劝说，但绑匪首领冷着脸看向他，墨镜后面仿佛有两道冷光罩在毛山脸上。毛山打个哆嗦，不敢再说什么，悻悻地松开了李全三细瘦的胳膊。

李全三踉跄着走了两步，环顾左右，似乎难以相信自己重获自由。片刻后，他疯了一样向凉亭冲来，一下扑进他娘怀里，身子瘫软了下去。全三娘心疼得抱紧全三，轻轻抚摸着他的脑袋："全三，你受苦了，疼不疼？"

李全三摇摇头，向我们使劲笑着，我的眼泪快掉下来了。

毛山向我们伸出手，父亲走上前，将布袋交给他。毛山掂了一下重量，快步将它送给绑匪首领。绑匪首领叫人清点了一遍，确认数目无误，满意地点头道："你们很守规矩，咱们人钱两讫，此后再不相干。"

我打心里舒了一口气。刚才某个瞬间，我真怕绑匪会一拥而上，将我们都拐走，借此向王老板榨取更多的钱。

绑匪首领打个呼哨，十几个凶恶的汉子转身走进郁郁葱葱的树林，很快不见了踪影。

李全三就这么回来了，事情离奇得就像一场梦。全三娘不放心地察看他的身子，倒把李全三弄得不好意思："娘，您放心，他们没怎么着我，就是我挣扎的时候，毛山给了我几拳，不疼，但不小心把衣服弄破了，怪可惜的。回去给我补补吧。"

全三娘紧紧搂住李全三，带着哭腔说："不补了，娘给你买新的！"全三也抱住了他娘，母子俩又哭又笑，让人看了满是心酸。父亲揉了揉鼻子，我猜，他一定也想娘和小妹了。

我的心情终于开朗起来。天空蓝得像大章村的海，云朵像胖乎乎的羊羔，华山脚下的湖泊，被风吹起褶皱。我听到无数种声音，闻到无数种味道。我听见了湖中鲤鱼吐泡的声音，也闻到了杨树林中泥土的香气。最响的是肚皮"咕噜咕噜"的抗议声，它没被喂饱，又开始发脾气。

我笑着，把吃剩的半个花卷递给李全三。

回家的路上，王璋断断续续地讲述他与毛山的渊源。

"我和毛山从小光屁股一起长大，他是我的邻居，前后屋住着，低头不见抬头见。从前不懂事儿的时候，我俩动不动就打得昏天暗地，稍微长大一点，我发现村里的小孩都欺负他，还特意为他和别人打架来着。"

王璋一脸沮丧地说："我们村住的全是'王'姓，偶有几个外姓人家，过得都不富裕，大家好像都瞧不起他们，而毛家又是最穷的那一家。毛山那时候饿得肚皮发瘪，裤子烂成条，连冬天都打赤脚。他爹本来就矮，他比他爹还矮。如果他小时候吃得好点，现在也不至于只比造烟台高一点。"

"那时候他饿得直哭，我去河里捉鱼、去地里抓蚱蜢，烤给他吃。我还把旧鞋送给他，为此挨了我娘一顿好揍。要不是我，他那对脚丫子还不得在大雪地里冻烂了！"

"前几年王老板把我们从老家招到济南，当造烟工人。临走时我对毛山说，我去济南过城里生活了！毛山咬牙切齿地回我，总有一天他也要过上城里生活，而且要过得比我强。没想到，他来了济南，却干着这样的营生。"

王璋越说越难过："原来，我帮他那么多，他却以为我在可怜他。如果没有我，他能活到现在吗？真不如养条狗！黑虎帮盯上香烟厂，一定是他煽风点火，他这种人，八成是看不得别人过得比他好！本来，我还想靠拉近和他的关系，省下这笔赎金，没想到……"

王璋为没能劝服毛山懊恼不已。

全三娘拍拍他的肩膀："行了，大兄弟，别难过，这不是你的错，更何况，全三不是平安回来了吗？"

是啊，李全三平安，比什么都强，我也不需在懊悔中度过余生。

我心里一块大石头落地，连脚步都轻快起来。

此时，落在后面的父亲忽然对我眨眨眼，低声说："二月，你知道我现在想啥？"

"啥？"

"用李全三受的苦和咱们花的钱，买这个教训，值！什么'烟厂三当家的公子'，想背着这个名头活着，就得承受这个名头带来的后果。要记住，人最难的不是成为人上人，而是以人上人的身份，过平凡人的日子。更何况，你还不是人上人，所谓的'公子'，不是你自己挣来的。记住这个教训，以后踏踏实实的。"

我望着李全三的背影，对父亲郑重地点点头。

第八章　田野

让李全三苦恼的是，自从他娘把他从劫匪手里赎回来，怕他再被劫走似的，居然不准他出门了。

他连课都不能去上了。他的位置空出来，男孩女孩们轮流坐；他的课本让出来，男孩女孩们轮流读。他们叽叽喳喳争着回答问题，一刻也不安静，难道他们不清楚，发生在李全三身上的祸事，和他们吵闹不休的嘴巴脱不了关系？

李全三无法出门，我只得登门拜访。

全三娘每次都会为我准备好吃的零嘴儿，有时是烙饼，有时是包子，偶尔还有麦面包。

面对这些零嘴儿，我如鲠在喉。

被绑匪抓走的应该是我，忍受打骂折磨的也应该是我，李全三是无辜的！平白无故，这些苦他都替我尝了。

我一直不敢详问被绑匪抓走的那天，李全三是怎么挺过来的。李全三却很坦然，安慰我说："都过去了，瞧，我不好好的嘛!"其实，刚回家那阵，他悄悄告诉我，被打了几拳、扇了几巴掌之后，他的左耳里总有声音在响，嗡嗡的，听话也听不真，直到现在才好了一点。

　　这天，我实在忍不住了，问道："全三，你打算啥时候告诉你娘，其实你是替我受罪？她现在应该还不知道绑匪为什么会绑架你吧。"

　　"怎么说呢?"李全三为难地搔搔脑袋，"我娘反复跟我说，别跟你再提这档事儿。她知道你心里一定也不好过。前段时间，她亲耳听到别人叫我'三公子'，还乐呵呵地对我说：'云深先生那么优秀，能成为他的儿子，是你的福分啊!'其实她第一眼看到塞进门缝的纸条时，就知道绑匪抓错人了，但又有什么办法呢？你和我亲兄弟一样，她都当成儿子，哪个受苦她心里都不好受。难道用你把我换回来吗?"

　　"啊!"我惊叫一声，从前我还觉得李全三胆子小，像小姑娘，真是可笑。我难道不比李全三更贪生怕死吗？为了自己不值钱的脸面，竟然让全三娘受了那么大的惊吓。

我说不出话，既想笑又想哭。全三娘在厨房喊我们，说给我俩准备了好吃的。我冲进厨房，用力地给了全三娘一个拥抱。她好像明白这个拥抱代表什么，像小时候一样，轻轻拍拍我的脑袋。

秋天来了。

冷雨下了一夜，第二天刮了一天冷风，天立刻凉了下来。天空高远湛蓝，万里无云，晴朗的晌午尚好，最难熬的是一早一晚，冷得像早早入了冬。

王老板给了我和父亲一人一件旧棉衣。因为不是量体裁衣，我的棉衣臃肿得像一口大布袋。那棉衣不知被穿了多久，被汗渍、油脂浸得黑硬如铠甲，接缝处露出焦黄的棉花瓤。但我不在乎，至少我在街上卖香烟的时候，不会再被冻得瑟瑟发抖、嘴唇没有血色。

大家都穿着这样的棉衣，我从没觉得自己的衣着哪里不妥。去红顶洋房的时候，全三娘一见我便皱起眉头，抽抽鼻子，毫不犹豫地把我推向一边："馊了！馊了！"

我此时才感到一丝不好意思，像小姑娘一般含羞低头："这是王老板给我和爹的，不是我自己的。"

"该换件新棉衣了。"

"买新的太贵，我爹又不会缝……"我知道，全三娘不可能真正嫌弃我，所以我并不着急。

全三娘笑了："你爹不会缝,你就不知道来找我?"说罢,她竟用手比画,丈量我的肩膀和腰,随后,她一拍我的后背:"去找全三玩吧!"

难不成,全三娘会为我缝一件新棉衣?那可太棒了!但仔细想想又觉得不太可能,她这样忙,连洋人夫妇都伺候不过来,哪有空余时间啊。思来想去,大概她会从李全三的棉衣中挑一件合我身的吧。

值得一提的是,几天之前,在我的帮助下,李全三终于重获自由。

李全三被他娘关了半个夏天,每天都在向我诉苦。李全三想念长满青苔的长街短巷,想念清冽的泉水和细软的柳枝,甚至香烟厂后院马厩的粪味,他都想再闻一闻。更不要说没有办法去烟厂上课,学习知识,他多想念我们的小教室啊。然而一朝被蛇咬,十年怕井绳,全三娘恨不得将李全三像一块金子一样收藏起来。为此,李全三没少向她哀求,可全三娘就是不允许他出门。

父亲和我看不过,纷纷劝说全三娘。

父亲说:"难道要把李全三关在房子里一辈子?"

"等他长大点再说吧。"全三娘不松口。

我说:"可是李全三还要读书,你就不怕他啥都不会，以后变个大傻子？"

全三娘沉默以对，我暗自琢磨，看来劝说有效果，便继续加了把火："让他出门吧，我照看他。你放心，我不带他下河也不带他爬树，在路上碰到生人也不跟人家说话。哪怕人家追着我们，我们也绝对不搭理。难道你怕光天化日之下李全三被抢走？世道虽然不太平，但也不会乱到那种程度。"

全三娘思考良久，终于缓慢地点点头："你们要提高警惕！董二月，你要看住李全三；全三，你要时时刻刻和董二月待在一起！"

李全三点点头，兴奋地尖叫起来。他回到了仓库教室，回到了我们中间。他终于堂堂正正地从红顶洋房走了出来。

我信守承诺，无论李全三想爬树还是要下河，我都不准许。一旦李全三不听我的话，我就使出杀手锏——威胁说要向全三娘告状。

李全三总为这事跟我生气，似乎开始有意无意避开我。他明明说自己跑肚拉稀，不和我出去玩了，不一会儿我竟发现他跟明湖路的穷孩子们一起爬树摘枣子吃。

我一心为他好，他却阳奉阴违，背弃我们的友情。不知不觉，我们之间就暗暗有了隔阂。

他一连几天躲着我，我实在憋不住，约他到城郊的一片田地见面。从前我们经常在那儿玩，那是我们的"老地方"。

　　上午天气晴朗，秋风虽烈，却不寒冷。我早全三一步到来，坐在高耸的草垛上，辽阔的田野一望无际，看不到边沿。地里全是玉米，长得稀稀拉拉，还不及腰高。往年这个时候，玉米难道不该长得比人还高，农人一家老小齐上阵，好多只手眼花缭乱地掰玉米，干得热火朝天？

　　记得父亲说，今年的庄稼收成非常不好。报纸也说这个夏天是近六十年来最热的夏天，夏秋两季加起来只下了几场淅淅沥沥的小雨，半数以上的庄稼都被旱死了。华东地区正遭受着"常人难以想象"的旱情。

　　事实上，我也感受到了近来粮产减少的影响。接连好几天，烟厂的午饭和晚饭都是饼子、窝头就着腌黄瓜。早饭更不必提，胖大娘硬说是咸米粥，其实就是刷锅水煮几粒米，不论喝得多撑，撒一泡尿肚子就开始咕咕叫唤。

　　这不，刚吃早饭没多会儿，我又觉得饿了。

　　李全三的身影出现在远处，我向他招手，帮他爬上草垛。我们并肩而坐，无比空旷的田野上，天底下好似只剩我们两个。来之前，我无数次幻想，我们互诉衷肠，相互拥抱，化解矛盾，重新变成相互扶持的好兄弟。

然而，事情完全没按照我预想的发展。

我只是小声埋怨李全三比约定时间迟到了一会儿，他竟皱起眉头："我得给小洋鬼子把屎把尿，我娘手里那么多活，我不得帮她分担一点儿？董二月，别以为我不知道，你就是想控制我！"

我也急了："照你这么说，打扫烟厂不是活？上街卖烟不是活？我还不是天不亮就起床，早早把活做完，就为了按时赴约！我为什么要控制你？你难道不明白，我是真心为你好啊！"

想不通，一句开玩笑的埋怨，怎么会让李全三的反应如此激烈。从前我们玩笑打闹可比这过火得多，看来他对我积怨已久了。

火苗一旦被点燃，想熄灭谈何容易！

我俩你一言我一语，有来有去，陈芝麻烂谷子的往事都被翻腾出来。我想起来，小时候，李全三撺掇我把村里白家厩养大马的马尾剪下来，却被白家人发现，李全三一溜烟儿跑没影了，我被白家大哥捉住，几个兄弟你一拳我一脚，把我揍得嗷嗷直哭。父亲和娘自知理亏，都不好意思上门说理。

李全三当即叫道："小时候你替我挨揍，现在难道不是我替你被绑匪抓走？董二月，咱俩互不亏欠！"

我一怔，嘴里说不出话来。明明说好永不再提，李全三却不顾情面，这不是往我的伤口撒盐吗？

我不断告诫自己：不要跟李全三动怒，他替你受了那么多罪，你们是兄弟！可是当李全三站起来的时候，我也毫不气短地站起来与他对峙；当他推搡我时，我也毫不犹豫将拳头挥向他。

我们扭成一团，在草垛上滚来滚去。李全三的拳头虽不重，却叫我的心钝痛起来。真悲哀呀，亲如兄弟的二人，从日本鬼子的偷袭中死里逃生，又在远离家乡几百里的济南城重逢。这等缘分，恐怕整个济南城都是独一份啊！为什么现在我们却恶狠狠地伤害对方，好像是仇人一样，这到底是为什么？

没吃饱饭，手上也没劲儿，扭打了一会儿，我们便都没了力气，躺在草垛两端，气喘吁吁，谁都不敢再轻起战端。李全三头上挂着几根干草，脸蛋上满是尘土；我擤了一把鼻涕，大声喘息，想必自己的模样也很狼狈。

"休战。"我声嘶力竭地说。我心里特别难受，难道

我们的友谊就被这些小事轻易击碎了？

李全三喘了好一会儿，终于平静下来，呆呆注视着我，眼珠一动不动。我以为他在神游天外，突然，他扑哧一声笑了："董二月，为这点小事儿……咱们傻不傻？"

伴随着他的笑声，我压抑的胸口瞬间畅通了："傻，真够傻的！"

他说："我知道你为我好，除了我娘，谁还会这么对我呢？"

我说："我知道你想爬树、想下河，谁不想？为了不让你娘担心，这些日子，憋死我啦！"

因为这一架，我们都想开了：怎能让那些鸡零狗碎的小事儿破坏我们价值千金的兄弟情义呢？

在渐渐凛冽的秋风中，我们给了对方一个厚重的拥抱。我听到李全三肚子的咕噜声，比我的响多了。

又过了些日子，意想不到的事发生了，全三娘居然真的为我缝制了一件新棉衣。要知道，一般只有过年的时候，我才有可能穿上新衣服。

离她为我丈量肩膀和腰的那天已经过去半个月。这半个月我几乎没吃过一顿饱饭。工人们因为整日饥肠辘辘，效率大大降低，王老板急在心里，但丁点儿办法都没有。他自己都饿得脸色蜡黄，连胖大娘的下巴都变尖了。我本来是个一身排骨的瘦子，经过饥饿的折磨，肚子不知怎么反而微微鼓了起来。

有新衣服穿，我暂时忘却了饥饿。新棉袄的主色为黑色，缀着深红的门襟，料子新鲜滑手，在太阳下面微微反光。全三娘亲手为我穿上，领口不松不紧，肩膀不宽不窄，唯一不足的，就是腰部把我勒得难受。全三娘的手艺那么巧，怎会犯这样的错误？突然，我明白过来，不是她技术不精，而是相比半个月之前，我的肚皮变大了许多。

"怎样，合身不合身？"全三娘为我抚平皱褶，李全三前看后看，我都不好意思了。

"合身，太合身啦！"我努力吸气，让肚皮瘪下去，全三母子都没发现异样。全三娘为我忙活这么久，如果扫她的兴，我岂不成罪人啦！

全三娘叫我和李全三并排站在一起，全三也穿着他娘亲手缝的棉袄，墨绿色，款式与我的相同。全三娘来回打量我俩，喃喃低语："真好，真好，站在一起就是亲兄弟。"

全三娘的手微微颤抖，她的脸颊也瘦削了许多。我定睛一瞧，她的手上有好几个已经结痂的针眼儿，一定是饥饿让全三娘连针都拿不稳了。

我心里特别感动，也特别难受。

全三娘带着我和李全三逛集市，我俩都穿着她亲手缝制的棉袄。全三娘左手牵着我，右手牵着李全三。

她笑眯眯地说这感觉真好，一下有了俩儿子。这天太阳特别大，走了没一会儿，我觉得背后痒痒的，想必是出了汗。即便如此，为了全三娘高兴，我依然坚持穿着新棉衣，连一颗扣子都没解开。

全三娘喜滋滋地说，她要给两个儿子一人买一串冰糖葫芦。我顿时来了精神，包裹着厚厚糖衣的山楂球，入嘴即化，酸甜相依，光是想想我就流口水。

我们都太乐观了，整个集市逛下来，问遍卖糖葫芦的老板，每个人都说，现在钱不值钱了，他们不收法币，只收铜子和银圆。

全三娘只能略带歉意地对我们说，她身上的那点铜子，连半根冰糖葫芦都买不到。

最后，我们只买了一个粗面馍馍，三人掰开吃。馍馍的味道虽比不上冰糖葫芦，但对半个多月一直在饿肚子的我来说，算是打牙祭了。

我一边啃着馍馍一边往烟厂走，心里特别不是滋味。

我隐约觉得，将来的日子会变得越来越艰难。

第九章　饥荒

我的猜测果然没错，生活变得越来越困难了。

粮产锐减，物价飞涨，钱越来越不值钱，烟叶和罗纹纸因此变得昂贵而稀少。一旦原料变少，香烟也随之大大减产。除饥荒之外，战时物资短缺，听说日本人向我们实行经济侵略，对鲁安烟厂一类的民营企业造成碾压式的打击，烟厂的生意一日比一日糟糕。

烟厂的规矩也改了：只提供清汤寡水的早饭，午饭和晚饭得自己想办法。因此工人们每天只上半天工，剩下的半天加一个晚上，统统出门寻找打零工的机会。

这样的日子，过得人不人，鬼不鬼。

为了不赔本，香烟的价格只能一再提高。香烟的销量主要靠官老爷、富绅和洋人支撑。乍看之下，他们的生活似乎并不比之前逊色，其实不然。譬如全三母子侍奉的洋人一家，从前他们的餐桌上每天都有炖肉和烤鸡，现在，一连几日，餐桌上都不见油水，只有粗粮青菜。没办法，物资短缺，有钱也买不来吃的。洋老爷和洋太太尚能忍耐，年幼的小男孩根本受不了，一吃饭便发脾气、哭鼻子，碗碟已打碎好几只，愣说好端端的饭菜一股羊粪味，真是气人！

李全三告诉我，身为外国官员的洋老爷一直在抱怨，这样的苦日子一天也过不下去，打算和家人收拾铺盖卷儿回国呢！

一天深夜，我因口渴下楼找水喝，在楼梯口撞见一个明明灭灭的赤红光点，却不见人影。我着实被吓了一跳，这座二层楼年久失修，浮尘多、背阳、潮气重，独自一人的时候，我总感觉心里发毛。难不成，在半夜真的会撞见什么不干净的东西？

我屏息凝神，放轻脚步，但光点似乎先发现了我，一下子升起老高。我吓得浑身瘫软，眼睁睁看着光点向我飘过来。难道藏在老屋中的鬼怪也食不果腹，打算拿我充饥？

真是悲哀，娘和小妹还没找到呢，我就要被鬼怪吃掉了！我正想大声呼救，眼前忽然亮起一道光，一盏搁架上的煤油灯被点燃。原来坐在楼梯口的是王老板，他嘴里正叼着一根香烟，烟头在黑暗中一明一灭，把我吓得够呛。我惊魂未定，声音发颤："这么晚了，王叔你怎么还不睡？"

"睡不着，过来抽根烟。"他似乎情绪不高。

"抽完烟早点休息，明天烟厂还得开工不是？"我放下心来，打着哈欠，绕过他朝一楼走去。

"原材料价格飞涨，烟厂亏损严重。我快破产了，我们得关门了……"王老板忽然在我身后嘟囔一声。

我猛地转过身，他正好抬起头，摇曳的灯光中，双眼似乎泛红。我问道："您说什么？"他挥挥手，不想和我说话，低头又续上了一根香烟。

第二天，烟厂照常运转，王老板与父亲他们一整天都在商量什么。我也迷糊了，可能那个失魂落魄的王老板是在我的梦里。烟厂是我们坚强的后盾，我相信，无论生活垮塌成什么样，它都会永远地庇护我们。

每个人都在找寻吃的，只有在这时才能看出人是多么不择手段。

出没于街巷的野狗没了活路，大家将野狗打伤、迷晕，捉来炖狗肉。狗肉香得人浑身打战。王璋他们就捉来一条老狗，那老狗年纪大了，瘦骨嶙峋的，浑身没有几两肉，可也能吃不是？工人们点燃柴火，鼓噪风箱，火舌很快从灶里跃动出来。老狗被绑着丢在一旁，滚烫的火星子喷溅出来，炙烤它的皮毛。狗通人性，它似乎也知道大难临头，呜呜咽咽甚是可怜。

虽然我也饿得眼前发昏，但是一看那只狗，看到它脸上哀伤的神情，仿佛在向我求救，我立刻一点儿胃口都没了。不知怎么，它竟使我想起自己。

我为老狗奔走，求情，请求工人们把它放走。然而他们不是甩给我一个白眼，就是把我推到一边："你不饿，我们饿！你不吃，我们得吃！"

父亲担心我与他们发生冲突，对我说："咱们上楼吧，不看，也不吃。"

我躲在宿舍里，后院不断传来老狗的惨叫声和工人们的谈笑声。我浑身瑟瑟发抖，似乎被杀死的不是老狗，而是我。

这一天，烟厂像过年一样热闹。

等他们吃完，我和父亲才从宿舍走出来。到处弥漫着勾人的狗肉香，父亲的喉头明显动了动。

工人们特意为父亲留了一碗狗肉，父亲摆摆手说没胃口，要他们自己分着吃。我盯着餐桌旁的王老板、王伯伯以及王璋等人，感觉不认识他们了。他们吃狗肉时，满嘴油腻开怀大笑的样子，就像青面獠牙、满眼血红的妖魔鬼怪。

人饿疯的样子，真是可怕！

也许是老天爷在惩罚工人们，那只老狗大概染了重病，工人们吃了狗肉后都开始发热、呕吐、腹泻，断断续续一周。只有我跟父亲安然无恙。

随着野狗的数量迅速减少，人们又将目光瞄准叫春时吵得人整夜不得安生的野猫。

听说猫有九条命，第一条命连同它的身体都被吃光了，人们就不怕剩下的八条命居无定所，变成随处飘荡的孤魂野鬼，夜夜在门外徘徊？

野猫被吃光后，最大受益者是老鼠，因为没有天敌，老鼠家族如爆炸一般蓬勃壮大起来。

我真纳闷老鼠们将家安置在何处，平日还好，偶尔听见两声老鼠叫，见不到老鼠影儿。夜幕一降临，烟厂快变成鼠窝啦！黑暗中到处都是老鼠的叫声，时而温柔，时而激烈，像在争吵，又像是一家老小齐聚一堂，共享天伦之乐。

刚开始，只要听见叫声，王璋他们就会立刻将煤油灯点燃。随着光亮照亮宿舍，吵闹不休的老鼠们迅速跑到床底下。它们像是在和我们捉迷藏，油灯一灭，宿舍中再次响起鼠叫。

第二天，趁着天明，几个工人合力将床移开，待灰尘消散，大家咳嗽着吃惊地发现，看似结实的地板上居然有那么多洞。一个男工趴在地上朝洞里张望。"里面漆黑一片，啥都看不见，倒是有窸窸窣窣的声响。"他猛地把头抬起来，"哎呀，咱这楼板下面该不会是个大大的老鼠窝吧！"

我们一时都不知如何是好，这么多老鼠洞，也不知多少老鼠，吵得人不得安生，难道要把楼板都拆了？

人的适应力无比强大，从前，我最害怕这些臭烘烘的老鼠，而现在，我早已适应这些吵闹不休的家伙。听久了"吱吱吱"的叫声，真像唱歌。每夜我伴着老鼠的歌声入眠，要是它们哪天销声匿迹，我可能还睡不安稳呢。

胆小的女工们也习惯了老鼠。

女工的人数比床位多一个，常年轮流打地铺。自从鼠患盛行，为避免被老鼠咬伤，多余的一人不得不轮流与其他女工挤一张床。

一开始，半夜老鼠在女工宿舍闹腾，惹得她们连连尖叫，王璋他们幸灾乐祸，咻咻直笑。后来，连最娇气的女工都适应了"新舍友"。据说一个女工起夜，正睡得迷迷瞪瞪，赤脚踩到一团毛茸茸的东西，她甚至没张眼皮，一脚就踢开了。

烟厂的余粮几乎见底，没有什么可供老鼠偷窃，香烟原料可就遭了殃，特别是熬煮的糨糊。不仅糨糊被老鼠吃光，烟叶和罗纹纸也被啃得七零八落。王老板损失惨重，痛定思痛，向我们下令，要彻底清查老鼠的住处，将它们一网打尽！

谁都没想到，狡猾的老鼠居然把窝安在马厩里。

闹饥荒以后，小马很少再有出门的机会，一直被困在牢狱一样的马厩中，也没人照看。它特别不安分，整日怒气冲冲的，双眼圆睁，马尾直甩，马蹄不断跺地，好似蒙受巨大的委屈，却苦于和我们语言不通，无法宣泄。

父亲觉得小马实在可怜，对我说："你看那马，八成是生病了，会不会受伤生疮了？"他直接打开马厩门，要细看小马的身子。

门一开，可不得了，无数深灰色的毛球连滚带爬出现在我们面前，细长的尾巴，鬼鬼祟祟的黑豆眼儿……我倒吸一口凉气：我的天啊，从哪儿冒出来这么多老鼠！再一瞧小马的后半身，臀部和马腿疤痕累累，伤口层层叠叠，多得叫人咋舌。有的已经结痂，有的还在流血。不用多想，正是那些老鼠干的好事儿！

这一段时间，饭都吃不上，大家也疏忽了对马的照顾，也不知多久了，凶残的老鼠可把小马给折腾惨了。

　　我和父亲走进臭烘烘的马厩，又一大群灰老鼠落荒而逃。"好家伙，"父亲皱着眉头说，"这些老鼠怕是八代同堂了，在马厩里建了一个老鼠国！"

　　"吱吱"的叫声愈发吵乱，每前进一步，老鼠就像蚯蚓一样从泥缝中钻出来。我长到这么大，从没见过这么多老鼠。

　　父亲一脚踢开倚在墙边的草料，一窝小奶老鼠出现在我们眼前：有的还没长毛，露着红红的肉，连眼睛都没睁开，正围着鼠娘找奶喝；有的刚会叫唤，气若游丝；有的才会爬，跌跌撞撞，一头撞上我的布鞋。

　　父亲沉着地吩咐我："二月，快去叫王璋他们来。"我正巴不得离开这个鬼地方，刚迈开步子，父亲又道："叫他们带木柴和洋火，越多越好。"

　　所有工人都聚集在后院，臭烘烘的马厩被里三层外三层地包围了。

　　小马终于平静下来，低头吃了一会儿为它抢救出来的干草料，又抬头看一眼忙碌的我们。女工疼惜地清洗着它身上的伤口，温柔地为它捋顺鬃毛。它发出一声声微颤的嘶叫，表示着感激。

　　在父亲的指挥下，一捆木柴被点燃，顺着墙根儿扔到鼠窝中央，来不及逃窜的老鼠瞬间被火舌吞没，凄厉的惨叫从火焰中传出。浓烟灌进鼠洞，开始还能听到里面传来吱吱的惨叫，但很快就没了动静。还有几个"小火球"狼狈逃窜，被我们合力围追堵截。女工们毫不胆怯，将地面踩得尘土飞扬，灰尘散去，地上净是被踩扁的鼠尸。马厩中的火苗也被扑灭，空气中弥漫着微微焦煳的肉香，我情不自禁地咽了一口唾沫。

男工们咽了一口唾沫："让你们再啃咱们的房子、咱们的糨糊！"

女工们咽了一口唾沫："让你们半夜在宿舍里闹腾，吵得咱们睡不成觉！"

王老板赞扬了火烧鼠窝的父亲，他边说话边不停地咽唾沫，我们都看得一清二楚。

一举铲除老鼠的大本营之后，王老板又遣人去药铺买来剧毒鼠药。余下的老鼠难逃惩罚，不久，"吱吱"的叫声终于在烟厂销声匿迹。

那把火烧黑了马厩墙壁和顶棚，我们不得不将马厩重新修缮。直到拆除破旧的顶棚，我们才发现，顶棚之上就是二楼伤痕累累的地板。原来老鼠们顺着几根木柱就能到达我们的宿舍，难怪它们能在地板里头畅通无阻。

工人们接受了上次吃狗肉的教训，鼠肉再香，大

等你回来

145

家也没敢动心思。谁能保证这些灰不溜秋的小东西不带病呢？听说离济南城不远的一个小城，有人吃了病鼠，导致鼠疫横行，政府怕疫情传播，将整个小城封锁了。这次鼠疫特别严重，可能跟人一直挨饿有关，医生们纷纷撂挑子，直呼治不好，治一个死一个，名声都被败坏光了。小城成了死城，活着的人在苟延残喘，半夜时微风穿堂，像尖锐的号叫，又像故去的人低语。我们听了这个故事，出了一身冷汗，暗暗庆幸管住了自己的嘴巴。

厂里的余粮早被吃光了，连糨糊都用水煮熟，被我们喝下去了。各种动物快在济南城绝迹了，人们又把目光投向贫瘠的田地。凡能找到的，不论生熟，只要能填满肚子，一律吃光。街上的榆树、梧桐、杨树，别说树叶，连树皮都被扒没了。树皮可以烧火，树叶可以熬汤。汤是苦的，但喝进肚里有一丝微微的回甘。

大家都饿疯了，每天睡觉想吃东西，醒来更想吃东西。有一天，李全三背着一个小包袱来找我，我们有一段时间没见面了。洋人一家自身难保，除了干活，全三母子每日也四处寻找吃的。

李全三鬼鬼祟祟地将我和父亲叫到后院，做贼一样，确保周围只有那匹不会说话的小马。他如同献宝，向我们敞开包袱：油菜籽、白菜籽、苋菜籽……形形色色，我们知道的菜种都在里头。

李全三神神秘秘地说："娘说，这是代食，和大米饭一样，顶饿！"

我第一次知道，原来菜种也能当饭吃。

父亲疑惑道："全三，把种子吃光，来年种啥呢？"

全三不管不顾："这是我在一个农民家门口拿的，又不是咱们的种子。能饱一时算一时，照这个饿法，老天爷才知道咱们能不能活到明年！"

父亲皱起眉头，不知是因为李全三说了丧气话，还是因为他的盗窃行为。父亲摇摇头，手微微颤抖着，把各种种子都抓来一小把："要吃你们吃这一点，其他的给人送回去，明年春天，农民得把这些种子种到地里。"

李全三向嘴里扔进一把种子，"嘎嘣嘎嘣"使劲嚼着。突然，他脸色一变，痛苦地掐住脖子。他被噎住了。我赶忙端来水杯，给李全三灌进几大口凉水，他喘气才顺当起来。

李全三劝我："吃啊，二月你吃啊！这又不是臭烘烘的猫肉，你愣着干啥！"

架不住盛情邀请，我平生第一次吃菜种子。这种子嚼烂了口感好像泥巴，黏住嗓子眼儿，咽不下去也吐不出来，味道发苦，像中草药，苦里带酸。几口种子和着水进肚，令人抓心挠肝的饥饿感消失大半。我和李全三打着酸臭的饱嗝，肚里全是哗啦作响的水。

父亲对这种涸泽而渔的做法颇为愤慨，他说要是整个济南城的人都跟我俩一样，能活到明年春天才怪！说罢父亲拂袖离开。我和李全三被噎得大眼儿瞪小眼儿，李全三不以为然，我却隐隐感到不安。

报应很快就来了。

生种子发干，李全三吃得特别多，过了几天，他偷偷告诉我，他已经三天三夜拉不出屎了。

吃饭、睡觉、拉屎是生活中最重要的三件事，缺哪件，人都活不下去。而拉屎又是最隐私的事儿，李全三憋得特别难受，只能冲我诉苦。

我也替李全三着急："多喝点水，兴许肚子里的种子就能化开了。"

"喝了，越喝越胀。"

"跑跑跳跳行不行？"

"我咋会没试呢？我跑得肚子都疼啦！"

"喝点香油会不会好点儿？"

李全三快哭了："这年头，到哪儿去摸香油？"

又过了一天，李全三竟直接将我叫到茅房。这地方熏得人直冒眼泪。要不是李全三可怜巴巴求我帮他，我一准扭头离开。

我捂着鼻子问他："你要我做啥？"

李全三把裤子脱下，蹲在茅坑上："你得给我鼓劲儿，我才能拉出来。"

我的胃里直翻腾，但为了全三，也只能紧紧闭上眼睛喊："李全三努力啊！努力啊！你一定能拉出来！"

空喊半天口号，换来一连串响屁。我实在坚持不住，要转身离开，李全三一把抓住我的手，恳求道："再等等，再等等！"

李全三脸颊通红，双眼肿胀，我的手快被他抠破了。他的身子因为用力不停颤抖，我真怕他两腿一软掉进茅坑里。

李全三连吃奶的劲儿都使出来了，终于，随着一声痛苦的嘶吼，坑里传来了重物落水的声音。李全三没有开心地笑出来，相反，眼泪从他眼里涌了出来。他问我："二月，活着太难了，太苦了，这么苦，为什么要活着呢？"

我何尝没有同样的疑问。

仰望着头顶被砖墙分割的蓝天，身处臭气熏天的茅房中，我感到分外难过。

活着如此艰难，为何还要继续活下去呢？

第十章　分别

仿佛一夜之间，济南居民就少了一大半，大街上空空荡荡，宛如一座空城。

烟厂对面的糖三角铺，前一天还卖着糖三角，第二天便门窗紧闭。奇怪的是，自从饥荒盛行以来，糖三角铺的烟囱始终翻滚着滚滚炊烟，似乎生意一直很红火。可是连香烟厂都快维持不下去了，店面和仓库教室一样大的糖三角铺怎么可能一直兴隆呢？

经营糖三角铺的夫妻二人是南方人，脸白手白，讲话软软糯糯，像咬一口直流糖稀的糖三角。他们家一共有俩孩子，大儿子比我小三岁，小儿子还在吃奶。大儿子偷偷告诉我，其实好久以前铺子就没生意了，他们家再也买不起昂贵的白面粉和红糖，烟囱一直在冒烟，那是爹娘把囤积的糖三角熬成糊糊，喂他小弟。

在我的印象中，他娘一直很丰腴，前些日子见到她，却变得颧骨凸显、胸脯平坦，跟以前判若两人。大儿子哀叹道："我娘常抱怨，生我的时候日子顺当，奶水足；轮到我弟，天天吃不上饭，我娘挤不出一点奶水。我小弟瘦得皮包骨头，真不知他能不能熬到过年。"

铺子关张不久，我又很偶然地遇到了这一家人。他们随着浩浩荡荡的人群拥向城外，他们的打扮和周围的人一样：一手拿打狗棍，一手拿瓷碗，仅靠破旧的棉衣遮体，脸颊布满灰尘。也不知一向爱干净的一家人如何落魄到这副样子。

他们夹在这凄凉的逃难队伍中，大儿子跳着脚向我摆手："董二月、董二月，我们要走啦！"

我跑近了问："你们要去哪儿啊？"

"出了城，跟着人流走。我爹说可能去天津，也可能去东北。这儿的日子太苦了，到了那儿我们就不用挨饿啦！董二月，你爹不带你走吗？"

我轻轻摇摇头，心里特别难受。我知道，他们将闯关东或上天津，一路讨饭而去。其实这是一条特别漫长艰辛的路，也不知道他们最终能走到哪里。大概是他爹娘怕消磨他的勇气，没告诉他路途的艰难。他脸上挂着空荡荡的欢喜，我的心里特别难受。

等你回来

我打量着他们，不知为何，时刻被他娘抱在怀中的小弟竟不见踪影。我犹豫地问道："你弟弟呢?"

"没了，"他眼圈一红，"医生说他因为饿，患了营养缺乏症，那天早晨从睁开眼就开始哭，一直哭到晚上，哄不顶用，糊糊也不肯吃，哭到后半夜，一口气没上来……"

人潮汹涌着，话没说完，他爹强行将他拽走。我们之间隔着很多乞丐。远远地，我看到他爹眉头紧蹙，他娘双眼红肿，一定刚哭过。一家三口被人流挟裹着，越走越远，我们必须大声喊才能让对方听见。

"董二月！董二月！你一定要好好活着！等日子好了我们就回来，我娘还想让我跟着你爹读书呢!"

"我会好好活着！你也要好好活着！我祝你们一路平安!"

回来？我低下头，沉默不语。离开大章村以后，我也想过回去，不知今生是不是还有机会。我真怕，这一离开，便是永别。

糖三角铺关张不久，我们的香烟厂也终于关门了。

其实烟厂在很早以前就停工了，王老板用个人的钱财无偿为二十多个人提供伙食。现在，他的财产即将消耗殆尽，香烟厂陷入前所未有的困顿局面。原来，王老板曾愁云惨淡地对我说他将破产的画面不是噩梦，而是可怕的事实。如果连王老板都无法继续支撑，我们更不知如何在偌大的济南城立足。

大部分年轻的工人，譬如王璋和他的兄弟们，即将加入出城的大潮，风餐露宿，披星戴月，一路行乞去关东；王老板打算投奔南方的亲戚；王伯伯权衡再三，决定和王璋他们一起上路。

留在济南的工人，除了我和父亲，只有一个不爱说话的男工和两个年轻的女工。

临行前一晚，工人们在白酒里兑上水，一一举杯，连我都在他们的劝说下端起酒盅。

我正踌躇着，父亲和善地对我说："喝吧，他们明天就走啦，为他们饯行！"

我点点头，一口闷进去，在工人们的喝彩和起哄声中，辣出两团眼泪。

酒劲儿使然，好多人双眼通红。多日没吃饭，又空腹喝了一大盅白酒，我的肚里火烧火燎，脑袋也昏昏沉沉，但到了半夜都毫无睡意。我透过窗户看着夜幕中璀璨的星星，月光一如往日的柔和。入秋之后，风变得凶狠起来。这样的夜晚，与记忆中初来烟厂的夜晚几乎重合，一样的又黑又冷；不一样的是，从明天开始，大部分床位将无限期地空出来。

我自己都无法讲清楚心情多么复杂。起初，我对鲁安烟厂厌恶得无以复加，无时无刻不盼望离开，更不必说那些冷漠的工人，我连瞧他们一眼的兴趣都没有。如今，天下无处为家，这儿就是我的家，共同历经磨难的工人们就是我的亲人。明早，工人们将离开，即使烟厂依旧存在，这儿也不再是我的家！

毫无睡意的何止我一人呢，夜已深了，往常宿舍里一定鼾声震天，此时却悄然无声，不愿告别的，不知有多少人！

"……最初，我王子安收购鲁安烟厂，仅为一己私利；随着规模扩大，我放眼将来，以提携乡亲为己任，从故乡招来亲朋数位，你们不计酬劳，愿与我同甘共苦，共同将鲁安烟厂建成此等规模。今国家有难，烟厂亦无法维持，烦请各位亲人各寻出路。请各位牢记，不论你们去往何处，烟厂是你们永远的家，我王子安不论潦倒至何等地步，也永不变卖烟厂。还是那句古训，天下兴亡，匹夫有责。不管诸位身在何处，请不要忘记自己是一个中国人！我泱泱华夏之所以沦落至此，日本人脱不了干系！团结一致，抵御外侮，宁死不当亡国奴！切记！切记……"

第二天一早，我们仰视着王老板，他正站在吱嘎作响的楼梯上，诵读连夜写的"告别辞"。他的胸膛剧烈地起伏着，惨白的脸上露出两团红晕。一夜之间，他脸上的沟壑似乎添了好几道，两鬓更是白发丛生，原本挺直的脊梁已伛偻得不成样子。烟厂破产，其实最难受的是王老板，他拼尽心血打下的基业，竟然说没就没了……

工人们都坐在曾属于自己的造烟台旁边，有人不住抚摸早已干黄的罗纹纸，几个女工更是泣不成声。

分别时刻真的到来了，再过一会儿，他们便要背起包裹，汇入人流，走向远方……望着那些熟悉的面孔，想到近一年来共同经历的种种，我难过得发不出一点声音。

"等劫难渡过，恳请各位亲人一定回来！我王某人绝不聘请外人。留在济南城的，请继续住在烟厂；各奔前程的，我祝你们找到出路，早日衣锦还乡！请诸位牢记，生是鲁安人，死是鲁安尘！"

"生是鲁安人，死是鲁安尘！生是鲁安人，死是鲁安尘！"情不自禁地，我也加入这呐喊的浪潮中，憋得我鼻头酸胀的眼泪终于喷薄而出。我看着近处的父亲和李全三，远处红着脸流泪的工人们，世界模糊成

等你回来

一团。

留在济南的我们将他们送出大门，他们不停地向我们挥手："回去吧，回去吧，天下没有不散的宴席！"我们也不停地说着："再走走，再走走，下一次见面不知什么时候呢！"

其实大家心里都清楚，在这个不太平的世道，兴许今天好好的，明天就没了。此时一别，谁能断言不是诀别呢？

王老板的包裹被瘦骨嶙峋的小马驮着，普通工人的行装更加简单，两三件干净衣裳，一点干粮，便是全部家当。他们的身影渐渐消失在居仁街的尽头，留下的三个工人和我们长吁短叹地回到工厂。

父亲忽然对我们说："他们离开是为了生活，咱们留下来更是为了好好活着。要想活就得先填饱肚子，二月、全三，你们饿了吧，我带你们去找吃的。"

父亲语出突然，李全三还在一抽一抽地哭着，我的肚子附和似的"咕噜"了一声。可是，目之所及，只有天上的云、地上的土、被扒光树皮的树木，哪有能塞牙缝的食物呢？

夏天的时候，护城河里还有鱼。早知如此，该把那些幼鱼饲养到现在，用火烧烤，撒上盐粒，即便不添别的作料，也是人间美味。可惜，如今河水枯竭，鱼虾早已绝迹，为了捉泥鳅，人们早把河底挖了个底朝天。没几天，活蹦乱跳的泥鳅也不见踪影，赤裸的河床上遍布大小不一的泥坑，好似一张张发出嘲笑的大嘴。

人们饿极了，连鸟儿都不放过，什么乌鸦、喜鹊、麻雀，人们用网扑、用胶黏、用手捉。没多久，鸟儿也销声匿迹。大概它们用鸟语口耳相传，只要望见济南城，就绕着飞开。

说实话，我觉得留在济南不是多么英明的决定。首要问题是，既然天空、地上、水里都没了食物，我们该去哪儿找吃的？

父亲似乎早有准备，他让我取来装香烟的竹篮，三人出城往北走，来到了济南城北的小清河。小清河的河水也明显变少了，原本河面上经常有长长的驳船航行，现在河水已经浅到无法行船。我们沿着河岸往上游行走。上游的河水明显比下游多。起先水面能没到我的脚背，逐渐抵至我的脚踝，最终足够淹没我的膝盖。

我们站在岸边，河水轻轻拍打河岸，呼呼的冷风吹得河边的枯草、芦苇一片片倒伏下去，又顽强地立起来，发出哗哗的声响。除此之外，别无人迹，茫茫天地间仿佛只剩我们三人。

父亲指着我们脚下："咱们正踩着一块刚刚播种的苜蓿地，天气一暖和，这儿就会长满苜蓿芽。苜蓿生碧绿的叶，开紫色的花，能清炒、熬汤，还能入药。"

父亲严肃地看着我们："当初被你俩吃进肚里的种子里，也有苜蓿种。如果不是已经沤成了粪，一定也能生芽、成熟，咱们就不怕挨饿啦。"

我和李全三面面相觑：忍着饥饿的折磨，走了半上午路程，难道父亲只为了苛责我们杀鸡取卵的做法？

饿傻的李全三狠吸了一下流出嘴角的口水："等不到苜蓿长熟了，我现在就想把种子挖出来吃！"

"瞧你这点出息！"父亲弹了李全三一个脑瓜崩儿，"我让你俩带着竹篮，难道是为了让你们继续吃种子吗？"父亲的视线投向荡漾的河水："听说过'以土养鱼'吗？河水毗邻种植苜蓿的土地，平日苜蓿所需的肥料会从土壤渗进河水，一旦幼鱼吃到充分的食物，就能迅速长大，咱们的食物在河里呢。"

我们和父亲一起趴在岸边，脸贴着河水，果不其然，在浑浊的河水中，几尾半拃长、手指粗细的柳条子鱼正安然自得地游弋着。我在河中捞了几把，更多柳条子鱼蹿出水面。一看见食物，我感觉心里一阵亮堂，连鼓噪的秋风都变得温驯悦耳。

李全三兴奋得慌乱起来："云深先生，您早知道这儿有鱼，怎么直到今天才带我们过来捉？"

"哪里是早知道，"父亲把篮子分给我们，"我也是前两天才得知小清河上游开始播种苜蓿的，我只知道有农必有渔，其实我也是头一次找到这个地方。"

父亲微笑地看着我们，我佩服极了，他脑袋里的学识，足够我们学一辈子！

我们以飞快的速度奔向河边，从小生长在渔村，谁还不会捕鱼！鱼儿都是傻瓜，除非大敌当前，它们才会四散逃窜，其余时刻，一律悠哉地在水里晃悠。

我和李全三趴在岸上，将竹篮悄无声息地伸入水中。鱼儿反应敏捷的，离竹篮老远就飞一般逃窜，绝大多数则继续不慌不忙地摇头摆尾。我们把竹篮潜到水底，等待良久，然后以迅雷不及掩耳之势朝上用力一提，鱼儿便落入牢笼。等篮中河水漏尽，那些垂死挣扎的鱼便会成为我们的盘中餐。

很快，抓来的鱼铺满了篮子底部，都在篮子里扭来扭去，虽然不大，但都肉滚滚的样子。一想到过一会儿我们就要回到烟厂，把这些鱼用锅煎、用水煮、

用火烤，整座主楼都弥漫着鱼肉香，我就忍不住露出傻笑。

又忙了一会儿，李全三说他饿得头晕，父亲让他去一边休息。父亲不顾秋水冰冷，脱下棉鞋，直接挽起裤腿走进河中捉鱼，他的双腿一会儿就从脚踝红到膝盖。

忽然起风了，枯萎的衰草向同一方向倾斜着，河面漾起层层波纹，我也被尘土眯住了眼睛。身后的李全三突然焦急地喊叫着："二月，云深先生，快救我！"

真稀奇，一阵风居然把李全三吓成这样，风里有妖怪吗？

我正想扭头嘲笑他，眼前的情景却把我惊得说不出话来。河岸边突然出现了十几人，有男有女，破衣烂衫，像是济南城郊的农民。几乎每人手里都举着耙子、锄头、镰刀等农具，竟有几分举着刀枪剑戟的味道。领头的男人虽然个子不高，但一身腱子肉，他面无表情地揪住李全三的衣领，像拎着小鸡一样容易。

这十几人是被大风刮来的吗？为何之前一点动静都没有？真是螳螂捕蝉黄雀在后，我们一心想着抓鱼，竟还有别人等着抓我们。

难不成，这些农民日子过不下去，也当绑匪了？可是这一次，我们无论如何也拿不出赎金了。

那十几个人一言不发，铁青着面孔与我们对望，悬在李全三头顶的镰刀实在有些瘆人。父亲率先打破沉默："诸位，有话好好说，能否先把镰刀放下？真的很危险！"

领头的男人答非所问："你们是城里的？"

"是的。"

一个年长的女人道："城里人不是都逃难去了吗？"

"大部分走了，小部分留在城里。路途太危险，所以我们留下来了。这不，孩子们饿了，我带他们找点吃的，好像没冒犯你们吧。"

一个和我年纪相仿的小女孩尖着嗓子质问："你们饿了，就来偷我们的鱼？"

偷他们的鱼？我真是糊涂了。自古以来，河里的鱼谁捉到便是谁的，偷从何讲起呢？

父亲湿淋淋地走上岸："我没明白，河里的鱼，为啥是你们的？"

领头的男人说："地是我们犁的，苜蓿是我们栽的，要不是我们给苜蓿施肥，鱼也长不了这么大。你说，鱼是不是我们的?"

父亲望着竹篮中不断扑腾的鱼，咬了咬牙说："如果这样说，那我也没话说。把鱼还给你们，你们就放人，好吗?"

我顿时傻了眼，难道辛辛苦苦忙了一上午，到嘴的美味却要飞走?

"鱼要放回河里，现在太小，还不是吃的时候。竹篮也要上交，万一你们哪天不老实，又来偷鱼呢?"

还要抢我们的竹篮? 我的脑袋里嗡的一声。从我来到烟厂，两只竹篮便与我形影不离。它俩见证了香烟厂由盛转衰，也知道我为生计流下的汗水和泪水；它俩轮流陪伴我穿梭在济南城的大街小巷，跟我一起淋过雨、挨过晒，虽然都变得焦黄油腻，但对我而言，这就是两个不会说话的老朋友。如今饥荒盛行，烟厂倒闭，曾经的朋友四散天涯，如果连竹篮也被夺去，岂不是连一件供我回忆的物件都没有了?

老天爷，如果你想试试我的骨头是不是够硬，尽管来吧!

我恶狠狠地注视着那些农民，像一只被逼入死巷的野兽："放鱼可以，拿走篮子，想都别想!"我被自己嘶哑的声音吓了一跳。

李全三不愧是我的好兄弟，仅凭眼神交会，他就了解了我的心思。尽管对头上的镰刀怕得要命，他还是扭过头，声音微颤地对健壮男人说："你就一直抓着我吧，有本事用镰刀砍我。反正，不管你怎样对我，竹篮就是不能交给你们。"

领头的男人一怔，农民们也有些不知所措。父亲小声劝我："二月，别跟他们发生冲突，全三的安全更要紧！"

我用祈求的口吻对父亲说："为了几条鱼，他们不会伤害李全三的。他们不是绑匪，不敢动手的。"

父亲想了又想，沉默着同意了。

我们与农民对峙许久，篮中的鱼离水太久，逐渐没了动静，再也折腾不动。

我指着竹篮对他们喊："再不做决定，这些鱼都要死了。不让我们拿走，难道你们愿意吃这些瘦小的鱼苗？"

终于，人群里一个看似能主事的老人点点头，为首的壮年男人终于松开手："把鱼倒进河里，带着你们的篮子走吧，不要再来啦。"

李全三一边揉着被扭红的脖子，一边快步走向我们，小声嘟囔着："一次被绑匪绑架，一次被农民绑架，为什么每次被抓住的都是我？"

我这才放松下来，打趣道："大概因为在我们中间，你最瘦小吧。"

李全三无法辩驳，只能在收拾竹篮时小声抱怨："我难道不想长肉吗？每天连饭都吃不饱，咋长？"

父亲温和地安慰他："好在这次是虚惊一场，人没事就好；回家我再想别的办法，一定能让你们吃饱。"

父亲站直身子的时候，高大的身体一摇三晃，靠扶一下我的肩膀才站稳。我们都饿得发晕，尤其是白白辛苦一场之后，筋疲力尽，似乎随时都会倒下，连走平路都得小心谨慎。父亲半开玩笑地对我们说："咱们白捉半天鱼的事儿别对别人讲了，省得被笑话。等咱们找到足够多的食物，自个儿独吞，不分给他们，馋坏他们！"

我和李全三勉强咧嘴笑起来。

太阳升得老高，弥漫在小清河上的雾气终于消散，无数道笔直的阳光从云层中迸射而出，河水被照得波光粼粼。

今天还不知道怎么过完，明天又会来临，明天，我们该怎么办呢？

第十一章　行乞

我每天都在挨饿，每天都好像比前一天缩小一点。

我的肚子想啃食自己，我的嘴巴想吞了自己，有时我凝视着瘦骨嶙峋的双手、膝盖突兀的双腿，真想狠狠咬一口。再这么饿下去，我一定会发疯。

洋人一家终于支撑不住，准备回他们自己的国家。

因为和小洋人产生了深厚的感情，他跟着洋爹妈走的那天，我和全三母子一起去送他们。

我第一次坐汽车，那个铁盒子一样的东西，底下装着四只轱辘，一喷黑气，居然跑得比马车还快。司机是中国人，他能听懂洋人夫妇的语言，也时不常蹦出几个洋词。一路，我们都沉默着。小洋人坐在我的腿上，我用双臂搂着他，下巴抵着他毛茸茸的黄脑袋，嗅着他身上香香的味道。

小洋人真幸运，他可以远离饥饿，远离战乱，回到他美丽、温暖的祖国。而我呢？我还要在这中药一样苦的日子里熬多久呢？

汽车路过洪楼天主教堂，小洋人先激动起来，我拍拍李全三的肩，他黯淡的目光里也有了些神采。

洪楼天主教堂，给我们留下多少难忘的回忆！

天主教堂特别高，十几个我摞一起，都触不到它的尖尖顶。教堂顶部的两端，各矗立着两座长长的尖塔，小洋人说，尖塔看上去像外国骑士的长矛。教堂的外墙是灰褐色的，每层都安装着形状各异的窗，窗周围布满精致无比的雕花。天主教堂的最底端，伫立着三座尖拱型的大门，每到周末，很多教民从大门鱼贯而入，肃穆、冷清的大教堂，那时才有温度。

洪楼天主教堂的内部，更是别有一番风景。它的顶端，呈现天空一般的华盖形，每一寸空间都没被浪费，最鲜艳、美丽的壁画跃然墙上。玻璃窗的内部，也被涂抹成不同的色彩，阳光穿透玻璃，每一道光束都是五颜六色的，把偌大的教堂照成了另一个世界。教堂里摆着一排排红木椅子，所有教民面朝的方向，有一座很大的雕塑，一个赤裸上身的男人，双手被缚，绑在十字架上，脑袋深深地低着，非常痛苦的样子。

李全三告诉我，塑像是洋人的神，他将世上的所有苦都吃了，只为世人有福享，不再吃苦。如果向他许愿，只要足够真诚，愿望就能实现。

所以当我误以为全三娘后脑勺受创、躺在医院里的时候，我曾向这位伟大的神许下愿望。虽然全三娘的事不是真的，但是至少她平安无恙，是不是因为这位神明在暗中保佑我们呢？

每隔几个周末，我和李全三就会带着小洋人，走进洪楼天主教堂。在牧师低低喃喃的讲诵中，在五彩斑斓的光芒包裹中，我会情不自禁地闭上眼睛。

像为全三娘祈祷一样，我祈祷我们能吃饱、能穿暖，能早日与娘和小妹相见。

这是最后一次，我们三人一起在教堂前面经过了。

第一回，我闭上眼睛，为小洋人一家祈祷。

我祈祷洋人夫妇平安、健康，祈祷小洋人有书读，有朋友陪伴，快乐地长大。他们离开我们的国家，从此不再吃苦。

汽车停下了，我们把洋人一家送到济南火车站。

他们将从这里，坐火车到北京，再乘坐飞机离开。

这是我第一次来到济南火车站，后来，我只记得它高大的钟楼，伸进蓝天之中，钟楼的圆顶下，各装着四个圆形大时钟，那是我见过的最大的钟表。

洋人一家乘坐火车离开了，我的耳朵里依然回荡着火车站的钟声，久久不能平息。

　　失去了洋人一家做依靠，全三母子没办法再住在大明湖路，不得不在香烟厂定居下来。全三娘和两个女工住在女工宿舍，李全三跟我、父亲还有那个木讷的男工住在一起。原本热热闹闹的香烟厂，如今只住着七个人。穿堂风在空旷的主楼呼啸而过，像一声声愤怒的呼喊。

　　我和李全三从小就巴望能住在一起，终于被这样的机缘巧合促成，但我们一点也兴奋不起来。

　　一天夜里，我忽然被摇醒，黑暗中李全三紧紧抓着我的胳臂，浑身都在颤抖。

　　"全三，怎么啦？"我立马坐了起来。

　　"疼……肚子疼……受不了啦……"李全三带着哭腔说着，居然跪在床前，蜷缩成一团。我摸了摸他的额头，烫得吓人。

　　"喝点热水会不会舒服些？"

　　"喝了，越喝越疼，我觉得肚子要炸开了。"

　　"来，别着急，先躺下。"我把李全三扶到他的床上，父亲和男工早已被我们吵醒。二人围上来，父亲摸着李全三的额头，他也搞不清李全三究竟害了什么病。男工不声不响地点燃了煤油灯，去女工宿舍把全三娘唤来。

李全三痛苦的样子快把他娘的眼泪勾出来了，全三娘跪在床前，慌乱地摸着："全三，你哪里不舒服，告诉娘！"

李全三强忍住眼泪："娘！痛啊！我的肚子痛死啦！"

李全三抓着我和他娘的手："娘，二月，我是不是快死了？我好害怕，万一我死了怎么办？我不想死，我得等爹回来！"

我浑身一抖，如果李全三遭遇不测……那全三娘该怎么办，我该怎么办？

我厉声打断他的话："全三，不许瞎说，小心我揍你！"

说话间，两个女工已经从外头赶回来，说城里的大夫大多逃难去了，附近的医院和药房都已关门。我们面面相觑，不知如何是好。李全三这会儿倒镇静下来，忍住身体的抽搐，气若游丝地说："大家别费心了，让我睡一觉……明早可能就没事了。"

都这个时候了，李全三还怕我们为他担忧，真让人心疼。

深更半夜，没有别的好法子，只能委屈李全三硬挨着。这真是难熬的一夜，李全三高烧不退、满头虚汗、呓语连连，他身上盖着好几床被子，依然抖个不停。我们轮流在他床前陪护，时刻警醒。

天亮以后，居仁街上隐约传来鸟鸣。人们逃难以后，鸟儿们都回来了。我在李全三的呻吟中睁开睡眼，他虚弱地只能说出一个字："饿……"

饿就是好事，我们简直要喜极而泣。六个人像得到命令，为了给李全三找吃的，走遍济南的大街小巷。

全三娘低声下气地在城里求了半天，就差给人磕头了，终于讨来半碗米粥。说是米粥，其实米粒寥寥无几，只比水黏稠一丁点儿，连糨糊都赶不上。不过，有这半碗救命的米粥就足够了。全三娘小心翼翼地把碗捧给李全三，就着热气，李全三"咕噜咕噜"喝了下去。在这数九寒天，他的脑门居然冒出细细的汗珠。

我馋得不得了，只能把苦涩的口水往肚里咽。碗已见底，李全三的肚皮响起爆炸一般剧烈的声响，时而低沉、时而高亢、时而九曲连环、时而平静缓和。

全三娘犹豫着："还不舒服吗？"

李全三五官拧成一团，竟跳下床，赤脚跑向一楼，径直跑进了茅房。

父亲脸上露出微微的笑意，只听茅房里传出一阵连环炮似的噼啪声。全三娘不放心："全三，你还好吗？要不要让二月进去看看？"

"不用不用，我全好了，肚子不胀了，头也不疼了。"

父亲苦笑着跟我们耳语："看来不是什么大病，这小子就是饿的，饿坏了呀！"

为了避免我们重蹈李全三的覆辙，父亲和全三娘再三权衡，终于做了一个艰难的决定——我们要去行乞讨饭了。

左手拄着一根半人高的打狗棒，右手捧着一只土黄色的旧饭碗，身披硬如铠甲的臃肿棉衣，这是我们的新形象。

四人站在一起，实打实的四个叫花子。

我们四人扮成一家，我和李全三真成了兄弟。这一行当的规矩，一家老少齐上阵，免挨欺负，大概别人看着可怜，也会多施舍食物。毕竟，大凡过得下去，何必全家上下齐当乞丐呢？

第一次以乞丐的打扮走上街头，因为新鲜，我和李全三都不觉得难堪，高举打狗棒互相追逐。直到李全三的碗掉在地上摔成两半，引得两个路人窃笑私语：

"瞧这俩小乞丐，饭都吃不上，闹得还挺欢！"

父亲脸上忽然露出愠色，大吼一声："董二月！李全三！过来！"

父亲愤怒的神情好像要把我俩吃了，他用力抓着我们的肩膀，我们疼得龇牙咧嘴。

"董二月，李全三，你俩记住，咱们是被生活所迫，不得已走上这条路的。不要以为多么光彩。你们不是叫花子，过去不是，以后也不是。听着，当乞丐是耻辱，你们怎么还有心情打来闹去？"

李全三垂头丧气地捡起摔破的那半只碗，我俩都不敢再嬉闹。

我们的目的地是二十里之外的东流水村，听说村里有一户丁姓人家，家底相当殷实。老爷丁骁是富甲一方的大富豪，更难能可贵的是他有菩萨心肠，救济过不少穷人，留在东流水村的村民都靠他生活。

此次我们正是去丁家乞讨的。

通向东流水村的道路弯弯绕绕、忽宽忽窄，走了好久，再瞧瞧周围，景色好像没什么变化，似乎又回到了原地。我疑心我们迷路了，但看着父亲紧蹙的眉头，没敢吭声。

"到了。"父亲闷声说。走过大片的田野，面前是一个很平常的村子，村头分出一大两小三条岔道，道口有几个佝偻的老人在晒太阳，几个面黄肌瘦的孩子在远处嬉戏。

"老人家……"父亲刚想询问，其中一个老头颤颤巍巍地举起手，指向最中间的大路："你们一定是来找丁家的，顺着这条路一直走就是。不过要提醒你们，最近来丁家讨饭的人特别多，他们不一定会开门。"

我的心里乱腾腾的。父亲说的没错，讨饭不是什么光荣的事情，还没叫门，我就感到一阵心虚。

丁府的房顶铺着青色琉璃瓦，中部隆起的屋脊两端各有一个活灵活现的兽头，朱漆大门，门环像小孩的脑袋一般大。门槛真高，我抬高腿也未必能顺当跨过去。门框左右贴着一副对联："忠厚传家久，诗书继世长。"听说丁家祖上出过进士、举人，是诗书传家的高门大户。

我们四人面面相觑，谁上去拍门喊第一声呢？

父亲是顶天立地的男人，济南城人人尊敬的"云深先生"，让他屈膝受辱，我这当儿子的岂不是不孝？全三娘是女人，有我们在这儿，由她叫门更不合适；更不必提李全三，他的脸皮比谁都薄，又替我受过绑匪的折磨，现在，大概到我偿还的时候了。

我如赴刑场一般慢慢挪向朱漆大门，"锵锵锵"轻叩门环，屋内没反应；又叩了三声，门内传来一阵猛烈的狗吠。

　　"谁啊？"一个尖细的女声喊道。

　　我酝酿了半天，心脏怦怦撞着胸膛，最后出口的却是细语呢喃："请丁老爷行行好，给口吃的吧！"屋里没人应，看来是没听见。李全三说："声音太小，人家听不见。董二月，你是姑娘吗？"

　　我平生最恨人家说我像姑娘。有了头一次尝试，胆子壮了许多，我气沉丹田，攒足力气大喊："请丁老爷行行好吧！给口吃的吧！"

　　没想到，门里的声音却让我泄了气："你们从哪儿来快回哪儿去！把吃的都给你们，我们吃什么！"

　　狗吠越发激烈。

　　"夫人，您行行好！"我也豁出去了，用哭腔继续锲而不舍地叫着，希望屋里的女人是个软心肠，"您替丁老爷赏我们一点儿吃的吧！日子实在过不下去了，我爹、我娘、我弟，还有我，我们一家人都在您府前呢，但凡有生路我们也不会麻烦您！求求您啦，给点吃的吧！"

　　我演得多真哪！我头脑发胀、涕泗横流，谁知一

等你回来

哭竟停不下来，渐渐地，我意识到这不是演的，我是真的在哭！这些日子我遭受的苦已然渗进骨头里，不是哭不出，只是没有合适的机会。我瘫坐在朱红大门前，哭得浑身骨头都酸了。

李全三吓坏了，想劝慰我，却被父亲拦住。父亲摆摆手："让他哭吧，他的心里太苦了。"

我哭倦了，屋里的女人也被我哭烦了："哭什么哭，马上就过年了，给谁哭丧呢！"随即，头顶传来轻响，朱门敞开一条缝，露出一张年轻女人的脸。

"我说你们……"她正要数落，忽然一片巨大的黑影从她身旁蹿出来，是一只凶恶无比的大黑狗！

"回去！"女人大喊，那大黑狗却不听她的命令，凶狠地朝我扑过来。我跳起来还没站稳，小腿就传来一阵剧痛。

我流了很多血，腿上两排牙印快伤到骨头。咬伤我的是狗吗？豹子、狮子还差不离儿！它的尖牙怕有两寸长，咆哮声让整个丁府随之震颤。它站起来一定比父亲还高，没对我的脖子下口算是侥幸，我居然在那野兽的口下捡回来一条命。

因为年轻女人的疏忽，害我被重重咬了一口，她心里愧疚，施舍给我们一人一个白面馒头。我们都舍不得吃，父亲把其中一个分成四块，他和全三娘各吃一小块，我和李全三各吃一大块。

仓库教室依然艰难地开办着，尽管学生已剩得寥寥无几，上课的地方也从仓库挪到主楼的一层。宽大的造烟台成了我们的课桌，主楼也比仓库干净明亮许多。然而不知为何，那感觉就是不对，兴许是人数骤减，也可能是读书声已如蚊蝇哼叫，身在仓库教室的那种舒坦早已荡然无存。

父亲为了提高我们的积极性，把三个白面馒头变成奖励。谁读书响，谁回答问题积极，父亲就把馒头分给谁一点。父亲告诉我和李全三，他之所以坚持教书，是希望那些孩子感觉他们至少在居仁街 60 号有一个家。

半个月过去了，我的腿依然有点瘸。父亲时常安慰我，凶恶的大狗没将腿咬断就是我的福气。后来再去东流水村，我们终于见到了丁骁老爷本人，一个貌不惊人的老者，白发苍苍，身子瘦小，身上没有穿绫罗绸缎，仅是寻常人家的粗布衣裳。

听说我被丁府豢养的黑狗咬伤，丁骁老爷愧疚不已，一再对我们说，有困难就找他。这大概就是因祸得福吧。

那只黑狗仿佛极端厌恶我的声音，只要我开口说话，它就不停吼叫。丁老爷呵斥了几句，它才呜咽着止住声音。

每隔几天，我们就要去丁府讨吃的。虽说城里还有其他富人，但从他们那儿得来的食物多是肮脏变质的，散发着发霉的臭味。有一次几根烂白菜害我拉了好几天肚子，本来肚中就没食物，一番折腾，双腿变得绵软无力，似乎随时会倒下。

还是丁老爷慷慨豪爽。但我们都没想到，很快就是最后一次登门了。

这一次，令人惊讶的是，敲门后黑狗竟没吼叫，头一天接待我们的年轻女人把脑袋伸出来，我担心大黑狗再次蹿出，禁不住后退几步。那女人面颊浮肿、神情疲惫，一边揉着太阳穴一边对我说："别怕，狗已经被宰了。"

"宰了？"我们大吃一惊，多壮的一条大狗，怎么说宰就宰？

年轻女人担忧地说："老爷生了急病，昨晚我们照顾了一宿，直到早晨他才睡着。医生说这病就是饿出来的，他呀，情愿自己不吃，也把饭省出来给你们！为了给老爷补身子，这不，把狗宰了，现在肉快炖熟了。夫人说，等老爷的病好转，我们就去南方，济南城没法待了。你们适可而止吧，再这么要下去，丁府的粮快被要饭的要光了。老爷心善不忍心说，那我就当个恶人，说句实话，日子都很难，你们一定要逼老爷饿死病死才罢休吗？"

我们一时语塞，心中翻江倒海，父亲脸上红一阵白一阵，向年轻女人拱手作揖："真没想到竟给你们带来这么多麻烦，这是我们最后一次上门了。告辞了，等日子顺当，我们一定会报答你们的大恩大德。"

"我们一定会报恩的！"我们连声附和，不停向年轻女人作揖。

我们正要离开，年轻女人突然叫道："等一下。"她捧着我们要饭的四只碗走进了丁府。

过了一会儿，她和另一个女佣一人端着两只碗晃晃悠悠走出来。隐隐约约的肉香突然变得特别浓郁，我们定睛一看，碗里连肉带汤，满得快溢出来。

肉香勾得我快流口水了，年轻女人头一次露出和善的笑容："老爷正在休息，不方便见你们，这是他昨晚就吩咐好的。你们一家，好好活着吧，到了明年春天，天气暖和了，地里一长庄稼，兴许日子就顺当起来了！不图你们回报，只要你们好好活着，老爷的心意就有用了。"

直到朱门再次合拢，我们四人站在丁府门前一动未动。我攒足力气，气沉丹田，像初次登门那样大声喊着："丁老爷，您全家都是好人！谢谢您！祝您全家一辈子平安！"

花了两周时间，我们才将这救命的狗肉吃光。

全三娘把狗肉全倒进一口大锅中，加水加盐，不断熬煮，前一锅肉汤喝干净，继续加盐加水。两周之后，变成肉末的狗肉和着汤和干粮进了我们的肚子，大骨被煮得像米粥一样稀软。我们连骨头都吃得一干二净。

大黑狗让我们多撑了两周，一定也会治愈丁老爷的病，算是它生命的延续。

城里的乞丐越来越多，一部分像我们一样，是留在济南城的人，还有一部分来自外乡。每天，大街上回荡着各种方言的喊叫、哭泣。我和李全三为了争一块黄面饼，跟比我们高大的孩子打过架，幸好父亲及时出现，我俩才没吃亏；连一向温和的全三娘也为了几根菜叶，拉开架势与别的女人吵闹不休。女人吵起架来真吓人，一定要说得对方心服口服才罢休。

乞丐在增加，殷实人家却在减少，讨饭变得越来越困难。我们几人在一起，虽然能博取同情，但是讨饭的路线却是重合的，不如各自分头行动。

又是颗粒无收的一天，我垂头丧气地回到烟厂。好在父亲讨到一点剩菜团子，全三娘更让人惊喜，她的碗里竟装着一小块冻得硬邦邦的猪肉，一看便知是从垃圾堆里翻出来的。她说她一路担惊受怕，生怕这块肉被别的乞丐抢走，用棉袄把碗紧紧裹住，逃一般跑回香烟厂。

全三娘将猪肉蒸熟，肉香在房间弥漫。我不断吞咽着口水，李全三一回来，我们就开饭。我禁不住憧憬，万一他带回来的是比猪肉还大的惊喜呢？

夜幕降临，窗外北风呼啸，天空灰蒙蒙的，快下雪了。炉火特别微弱，我被冻得哆哆嗦嗦。以前这个时候，李全三早回来了，今天这是怎么啦？

全三娘急得坐立不安，一拍大腿："不成，我得去找他！"

我和父亲忙劝："济南这么大，你去哪儿找呢？万一下雪，天黑路滑，没找到不说，自己再摔个大跟头，值不值？再耐心等等，他肯定一会儿就回来啦。"

木讷男工和两个女工也没回来，整个烟厂只有我们三个人，燃烧的柴火在噼啪作响。冷清的傍晚比深夜更让人感到寂寞。

一个月前，烟厂还是热热闹闹、满满当当的。一眨眼的工夫，那么多人就像烟尘一样消散。我的胸口空落落的，过了今日不知能挨到何时。哪怕是那些吱吱争吵的老鼠，我也发自肺腑地希望它们回来。

猪肉凉透了，全三娘无心放到锅中重温，她始终支着耳朵，时刻留意楼下的动静。"万一全三跟人打架咋办？他要是被车撞了咋办？"全三娘睁大眼睛，"万一，他又被掳走……李全三不像董二月这么机灵……"

父亲开解她："城里就算有绑匪，大概也和咱们一样在讨饭吧。他们就算把小孩掳走，有几个爹娘能拿出钱？绑孩子还得管吃喝呢！全三娘，别担心啦！"

没等父亲说完，心急如焚的全三娘还是匆匆披上棉衣，冲出了烟厂大门。空中飘着零星雪花，寒风如刀刃一般锋利，脸颊快被割出血。我和父亲怕她出意外，不得不紧紧跟在后面。我俩穿得都很单薄，冻得瑟瑟发抖。

刚跑到居仁街尽头，黑暗中就出现了熟悉的身影——身细脖长头圆，活像豆芽菜。李全三似乎走了很久的夜路，不断吸着鼻涕，鼻头和耳朵都冻得通红。他向我们兴奋地大喊大叫。

全三娘用力在他胳膊上拍了一巴掌："咋这么晚才回来？我们都担心得要命！不知道现在不安全吗？出了事咋办！"

李全三顾不上他娘，嘴巴快咧到耳根，举起手里的碗，里头居然装着一大块已经冻成冰疙瘩的白米粥。

李全三兴奋地喊："我去了南边的千佛山，进了半山腰上的兴国禅寺，寺里的僧人心善，看不得百姓受苦，居然开始放饭啦！娘！董二月！云深先生！咱们有活路啦！"

得知佛寺放饭的第二天，天还黑着，我们就出了门，顶着凛冽的寒风，走了一个多时辰，又在崎岖的山道上跋涉许久，才赶到千佛山上的兴国禅寺。寺门上悬挂匾额，书有"兴国禅寺"四个苍劲有力的大字，大门的左右两侧刻着一副对联："暮鼓晨钟，惊醒世间名利客；经声佛号，唤回苦海梦迷人。"意思大概是劝人不要过分追求功名利禄。

我们来到兴国禅寺，不是为了在拜佛的时候得到佛的感召，仅仅为了吃饱肚子，就是这么简单。

雪下了一夜，树枝、屋顶一派银装素裹，地上的积雪很早就被鸟兽的爪印、一道道车辙盖满，没多久又被纷至沓来的乞丐们一遍遍踏踩，早已浊流遍地、泥泞不堪。

人群在狭窄的山路上攒动着，像海里的浮萍，又像田里的麦穗。乞丐们像被大风吹歪了，一会儿倒向左边，一会儿倒向右边。不时有人因被踩了脚、撞了头而低声咒骂，也有小孩想插空子，却被密密麻麻的腿挤了回去，撞疼了脑袋，大声恸哭。

前面的草帽和夹袄一眼望不到头，城里的乞丐竟如此之多。父亲叫我们四人紧紧拉着手，他说千万别被人流冲散，万一被挤倒、踩伤，那就是贪小失大。

等了近一个时辰，天上一直下着零星小雪，我全身都已冻僵，只能在原地不停地跺着脚，这让我更加饥肠辘辘。

终于开始放饭了，四个光头和尚从寺里抬出一口大锅，袅袅雾气直冲云霄。人群一阵高呼，像海浪一样朝粥锅涌去。我被裹在人群中，双脚离地，身子完全不受控制。我吓得脸色煞白，如果我不慎跌倒，连起身都来不及，几百只脚就会从我身上踏过，我岂不要当场一命呜呼？

幸好我的手被父亲攥得死死的，他用力将我们三人拉到身边。"千万别松开手啊！"他大喊，我们四人好似融为一体。父亲和全三娘个子高，将我和李全三夹在其中，人潮再汹涌，我俩也不觉得拥挤。我们紧跟父亲和全三娘的步伐，竟然不知不觉穿越可怕的人群，来到大锅旁边。那口锅里，雪白的米粥刚煮熟，还在咕嘟冒泡。我被久违的香味迷得七荤八素，真想一个猛子扎进锅里喝个够。

所有乞丐都在拥挤着、喧闹着，一排排残破的瓷碗齐刷刷伸向大锅，他们不断向小和尚们乞求："小师傅，您赏我一碗粥吧，我五天没吃饭了……""小师傅，先给我，我的孩子快饿死啦……""你的孩子快死了？我的老娘还要死了呢！孩子可以再生，老娘可只有一个啊！小师傅，来来，先给我盛粥！"

盛粥的汤勺比我的手大不了多少，每个乞丐只能分一勺米粥，讨到饭后必须把位置腾出来，让给后面的乞丐。有些乞丐却耍无赖，讨得一勺粥还不满足，不断恳求再加一勺，不加就不走。这不但让小和尚们的动作迟缓下来，也让我们等了半天，却一无所获。

几个小和尚不断维持秩序，却毫无作用，人群越来越汹涌，眼看场面就要失控。

此时，寺门轰然洞开，一个宝相庄严的老和尚出现在我们面前。老和尚虽骨瘦如柴，却精神矍铄，双眼圆睁，很有光彩；他身上的袈裟虽然破旧，却穿得

等你回来

185

一丝不苟。他轻咳两声，似乎有病在身，当他张口，却声如洪钟。

"阿弥陀佛！如今世道艰难，内忧外患，民不聊生。上天有好生之德，今天敝寺开粥放饭，施于有缘人。诸位施主能得到米粥，度此乱世，与那些死于饥荒、战乱的人相比，已是不幸之大幸！万万不可再加以争夺，伤了和气！"

老和尚仿佛会法术，话音刚落，寺外的喧嚣随之停止。讨到饭的自动退一边，而我们终于得到机会，立刻把碗伸向小和尚。

我们每人都领到一汤勺米粥，这米粥泛着雪花银的光泽，米香像糨糊一样黏住我的鼻孔。我太饿了，这碗米粥简直能让我兴奋得昏过去。

我们打算回家后把四碗米粥全倒到一口锅里，添上树枝、草籽，加水熬煮，这样能多撑一段日子。

父亲感慨道："那位老僧人是寺里的方丈啊！多亏了他，我们才讨来米粥。想必放饭也是他的主意，真是善人啊！"

父亲的话音刚落，人群又骚动起来。原来这口锅快见底了，可是后边的乞丐还没讨到，他们使出吃奶的劲儿朝前挤着。我身旁的女人被撞了一个趔趄，手

等你回来

臂一抖，我的饭碗忽然就不见了。

我大脑一片空白，许久才反应过来，赶紧捡起碗，里头空空如也。米粥几乎全渗进厚厚的黑雪里，只有雪面上残留着儿粒米。我疯了一样将雪扒开，没有，哪儿都没有，这来之不易的米粥，居然叫雪给喝光啦！

我难受得不能自已，回头寻找罪魁祸首，那个女人却早已不知去向。父亲他们沉默地看着我，米粥还没进肚子就没了，他们也心疼。

泪水在我的眼眶中打转转。不能哭！不能哭！董二月，你是男人啊！我这样劝着自己，但冰凉的泪水还是顺着脸颊滑下来。

父亲拿过我的碗，从他碗中匀过来一点米粥，李全三和全三娘也依次匀给我一点米粥。他们的米粥都变少了，我却有了大半碗粥。泪眼朦胧中，全三娘把碗递给我："二月，别哭啦，你的粥在这儿呢！"

泪水几乎冻成了冰疙瘩，风一吹，脸颊生疼。我抽抽噎噎地接过碗，粥还是热的，热得烫手。